公主傳奇

偵探小王子

31

馬翠蘿 著

新雅文化事業有限公司
www.sunya.com.hk

人物簡介

❖ 周曉星 ❖

周曉晴的弟弟，一個風趣幽默的淘氣精，不時有天馬行空的奇怪想法。

❖ 馬小嵐 ❖

來自香港的烏莎努爾公主，聰明美麗、正直善良。敢於向困難挑戰，最喜歡說的話是「天下事難不倒馬小嵐」。

萬卡

烏莎努爾公國第十九代國王，風度翩翩、英勇果敢。是國民眼中的好君王，小嵐和曉晴曉星心目中的暖心大哥哥。

周曉晴

馬小嵐的好朋友，漂亮活潑，喜歡打扮，最常做的事是和弟弟鬥氣。

目錄

第一章

曉星的貓鼻子

「曉晴，快來吃蛋糕。」小嵐見到曉晴走進書房，便朝她招手。

「蛋糕？」曉晴堅決地説，「不吃了，我得保持苗條身材。」

「不吃就算。很好吃的哦！」小嵐拿起餐刀，把桌上那個蛋糕切了一塊，放在小碟子裏，用小勺津津有味地吃了起來。

沒有女孩子會抵得過甜食的引誘的，曉晴嘴裏説「不吃」，但眼睛卻不自覺地朝小嵐那裏瞟去。當她看見桌上那個造型精緻的蛋糕時，眼睛頓時一亮：

「年輪蛋糕？我吃我吃我吃！」

年輪蛋糕源自德國，它的外形就像個被切開的樹椿一樣，切開後能看到像樹木一樣的年輪，這款蛋糕

在德國被稱為「德國蛋糕之王」。年輪蛋糕製作過程十分繁複，而且需要相當的手藝，所以不是所有點心師傅都能做得好吃的。

曉晴切了一塊蛋糕，用小叉子叉了一小角放進嘴裏，馬上陶醉地瞇起雙眼：

「哇，簡直太美味了吧！誰做的？」

「方大廚。」小嵐回答。

「怪不得這麼好吃。」曉晴若有所思地點點頭。

方大廚之前是一間著名西餐廳的點心師傅，是萬卡哥哥花了高薪把他請來的，專門給小嵐他們幾個做早餐和下午茶點。

兩人沒再說話，專心品嘗美味。突然，曉晴砰地站了起來，「啊」了一聲，把小嵐嚇了一跳。

「不好了不好了！已經三點半了，曉星説他這個時間回來的。快，快把蛋糕藏起來，不能讓他看見！」曉晴以迅雷不及掩耳之速度，嗖地一下把桌上的蛋糕端起來，另一隻手拉着小嵐，喊道，「快走！」

曉星最近幾個月體重升了好幾磅，他在香港的虎

媽知道後，勒令曉晴管好弟弟的嘴，別讓他再貪吃。還威脅説，要是曉星再胖下去，就要把他們兩姐弟抓回香港去，不許他們再留在烏莎努爾。

不許留在烏莎努爾，不能跟小嵐在一起讀書一起玩，這簡直是要了曉晴的命啊！思前想後覺得太不公平了，這分明是曉星自己的事呀，幹嗎要追究當姐姐的責任，自己什麼時候成「揹鍋俠」了？況且，曉星那臭孩子嘴饞起來，自己能擋得住嗎？

可是，跟虎媽是沒有道理可講的，曉晴也只能委委屈屈地答應了。

當下想起外出的曉星要回來了，她第一個念頭就是趕緊把蛋糕藏起來，不讓曉星看見。

小嵐哭笑不得，被曉晴拉得跌跌撞撞地跑了一段路，曉晴邊跑邊説：

「咱們走遠點，要不曉星會聞到蛋糕味，會像蜜蜂撲蜜那樣撲過來的。」

跑到最盡頭的一個房間，那是一間長期空置的客房，曉晴才停了下來：

「相信曉星不會找到這裏來吧？」

曉晴走進客房，把蛋糕放在茶几上，又轉身跑去把房門關上。然後才長舒了一口氣，慶幸自己臨危不亂、急中生智，避免了曉星「發福」的一個大危機。

小嵐白了她一眼，説：

「這樣防賊似地防着，有用嗎？不讓他在家裏濫吃東西，他可以在外面吃啊！」

曉晴揑了揑拳頭，給自己鼓了鼓氣：

「那、那我以後上街也盯着他。」

小嵐聽了哭笑不得。這兩姐弟，真是奇葩。

兩人繼續吃蛋糕，曉晴邊吃邊説着班裏的八卦新聞，突然，外面傳來人聲，曉晴趕緊住了嘴，臉色也變了，如臨大敵，彷彿聽到了恐龍來襲。

來了，的確來了，不過不是恐龍，而是曉晴心目中此刻比恐龍還要可怕的曉星。

「小嵐姐姐，曉晴姐姐，你們在哪？」噔噔噔的腳步聲，還有氣急敗壞的説話聲，越來越近，「太不講義氣了，你們竟然躲起來吃東西。哼，以為躲起來

我就不知道，吃的還是年輪蛋糕！」

別説是曉晴，連小嵐也愣了，這傢伙借了狗的鼻子嗎？連這也聞得出來！

曉晴急得大口大口地吃着蛋糕，嘴裏含混不清地説：

「快，快吃，一點也不能留給他！」

話沒説完就聽到敲門聲：

「開門，開門哪，我知道你們在裏面！」

大概是曉晴沒把門關嚴，門竟然被推開了，恐龍，哦不，是曉星，衝了進來。

曉晴急得把最後一小塊蛋糕全塞進嘴裏，兩腮鼓鼓的像隻小松鼠。

曉星一看，蛋糕沒了，頓時氣得像隻鼓氣青蛙，鼻子直哼哼。

小嵐很不忍心，説：

「別生氣了，我讓方大廚再做。」

「唔，唔唔……」曉晴忙不迭地把嘴裏的蛋糕吞下，喊道，「不行，不能給他做，小嵐，你想害死我

呀！他要是再胖下去，我就得打道回香港了。都不知我多可憐，都成揹鍋俠了，給這臭孩子揹黑鍋！」

小嵐瞧了曉星一眼，說：

「沒問題的。等曉星吃完蛋糕，就讓他去健身室，跑步機跑三小時，然後去花園跳繩九百下，再去泳池游五十個來回，還有……」

「別別別別別……」曉星嚇得小臉兒發白，聲音顫抖地說，「別那麼嚇人好不好？不就吃那麼一塊蛋糕嘛，用得着對我那麼狠嗎？頂多不吃算了。」

「哈哈哈哈！」曉晴見曉星被小嵐治住了，開心得像偷了二十隻雞的狐狸似的，摸摸似乎脹了小小的肚子，她又有點擔心地對小嵐說，「不好，蛋糕吃多了，小肚腩都有了，咱們快去花園散會兒步。」

「好。」小嵐無所謂地答應了。

兩個姐姐手拉手去花園散步，小弟弟曉星快快不樂地跟在後面。沒吃成年輪蛋糕，心裏到底有些遺憾。

小嵐走着走着想起了什麼，扭頭問曉星說：

「喂，你剛才是怎麼知道我們吃年輪蛋糕的，還有，是怎麼知道我們在那間客房裏面的？」

曉晴鼻子哼了哼説：「肯定是瑪婭告訴他的。」

曉星搖搖頭：「才不是呢！是我聞到的。」

曉晴滿臉都寫着「不相信」三個字：

「聞到？我把門關得緊緊的，你也能聞到？你借了狗狗的鼻子嗎？」

曉星撇了撇嘴：「不信就算！」

這時，瑪婭匆匆忙忙地來了，她身後還跟着兩名小宮女。三人屈膝朝小嵐行了個禮。瑪婭着急地説：

「公主，笨笨不見了。」

「啊，怎麼會？！我早上還見過牠呢！」首先有反應的是曉星。小香豬笨笨可是他心愛的小伙伴啊！

瑪婭愁眉苦臉的，笨笨也是她喜歡的小動物啊！雖然有小宮女專門負責餵飼，但她每天都要去餵點小零食給牠，和牠玩上一小會兒。聽了曉星的話，她説：

「是呀，星少爺你出門時牠還在的，可是後來就

沒見過牠了。一開始我也沒注意，因為星少爺你不在的時候，牠就會一隻豬去玩的，撲蝴蝶呀，嚇唬小鳥呀，在沙池裏打滾呀，玩得很開心。但午飯時牠肯定會回來的，牠最緊張這一天三餐。可是，我剛剛去牠屋子裏看，那一大碗的食物還在，動也沒動過。」

瑪婭説話時，兩名小宮女在使勁點頭「嗯嗯嗯」。

小嵐聽了心裏暗想，瑪婭説得對，笨笨這傢伙最貪吃了，從不會錯過一頓。現在午飯時間都過了這麼久了，牠還沒來吃飯，那真是有問題了。

一旁的曉晴聽了有點小興奮説：

「那會不會是被綁架了，或者離家出走了，又或者……」

小嵐提出反對意見：

「有誰會綁架一隻豬呀！離家出走也不可能。我們嫣明苑守大門的衛士很厲害的，連隻蚊子飛出去都看得見，何況是一隻豬。」

曉晴眨眨眼睛：「或者牠爬牆出去呢？」

在場的人都一致地無語，你以為笨笨那四隻小豬蹄能爬牆嗎？

小嵐打量了曉星一下，看上去這傢伙不是很着急呀，難道他知道笨笨在哪？

果然。只見曉星不慌不忙地說：

「牠九成是藏起來了。牠跟我賭氣呢，我早上出門時牠硬要跟着出去，我沒讓，還順手揪了牠小尾巴一下，牠不高興呢！沒事，我去找牠。」

瑪婭跟在曉星後面，怏怏不樂地說：

「我們十幾個人都找了一個小時了，都沒找到。」

「瑪婭姐姐，請不要質疑我的能力。看我曉星出馬，一個頂你們二十個！」曉星說完，使勁抽了抽鼻子，好像在空氣中嗅什麼，然後就信心滿滿地朝花園走去。

難道他想用鼻子嗅出笨笨的藏身之地？小嵐扯上曉晴，跟在曉星後面。倒要看看這傢伙的鼻子是否真的那樣靈。

曉星好像胸有成竹的樣子，沿着那條用鵝蛋石砌

成的彎彎曲曲的羊腸小道，往花園的深處走去。一邊走，一邊像小狗一樣，用鼻子嗅來嗅去。

就這樣走呀、嗅呀，突然，曉星停住腳步，指着前面幾米處一棵大樹説：

「找到了，笨笨就躲在那棵樹的樹洞裏！」

嫣明苑裏有很多枝繁葉茂、樹幹粗大的百年老樹，兩三個大人張開手去抱都抱不過來。曉星走到樹洞前面，大聲説：

「笨笨，我知道你在裏面。趕快給我出來！」

裏面傳出了哼哼幾聲，果然是笨笨的聲音。但是只聽到聲音，不見豬出來。這小傢伙，還在鬧別扭呢！

曉星摸摸下巴，威脅説：

「再不出來，哼哼！今晚我就燉豬蹄、蒸豬肉餅、炒豬尾巴……」

話沒説完，裏面就竄出了一隻小香豬，四隻小豬蹄急促地跑動着，由於個頭不大，又長得太胖了，所以就像一個滾動的球球。笨笨滾到曉星面前，用委屈的小眼神瞅着，好像在控訴着小主人的殘忍。

曉星蹲下拍拍牠的小腦袋，説：

「好啦好啦，小氣鬼！明天帶你出去玩。」

委屈的小眼神頓時充滿了喜悦，然後，嗖的一下，一溜煙地跑了，轉眼連豬影兒都看不見了。曉星對自己的小寵物還是挺了解的：

「急着回去吃午餐呢！」

曉星説完，沿着笨笨跑過的路跑回去了。笨笨的午飯都放了幾小時了，不知道有沒有變味，他得回去瞧瞧。

曉晴看着弟弟的背影，嘴裏「嘖嘖」兩聲：

「真是『物似主人形』。」

小嵐對曉星鼻子的新功能很感興趣：

「這小孩，鼻子果然很靈哦。好像他以前不是這樣的，難道跟他變過貓有關？」

曉晴有點大惑不解：

「這跟他變過貓有什麼關係？又不是變過狗，狗的嗅覺才有這麼靈呀？」

「不不不！」小嵐搖搖頭，「有一種説法，説其

實貓的嗅覺比起狗來一點都不遜色。」

「啊，真的？」曉晴第一次聽到這說法，有點驚訝。

「貓咪的鼻子其實很靈，牠可以聞到五百米以外的味道，貓咪的嗅覺敏感度是人的二十萬倍以上。」小嵐告訴曉晴。

「哇，好厲害！」曉晴眼睛睜得大大的，「咦，那怎麼只聽過警犬，沒聽過有警貓呢？」

「那是因為貓的習性。貓不願意受人的擺布，訓練難度大，牠的許多功能只是在自願時才使用。而狗對人的忠誠度就很高，願意聽人指揮，所以人們都願意去訓練狗，而不願意去調教一隻貓。訓練貓付出的力氣會是狗的許多倍。」

曉晴歪着頭想了想，然後恍然大悟地說：

「哦，我終於明白曉星之前為什麼會變成貓了！因為他太接近貓的屬性了。」

第二章

誰拿走了我的紅舞鞋

「曉晴姐姐，快點啦！要遲到啦！」曉星坐在副駕駛座，朝慢悠悠走來的曉晴喊道。

「催命鬼似的！」曉晴瞪了弟弟一眼，把手裏的一個大袋子放在車後座，然後上了車。

負責送他們三個人上學的小胖司機，穩穩地把車開動了。

小嵐看了看曉晴那個大袋子，問道：

「裏面是什麼東西？」

曉晴繫好安全帶，回答說：

「衣服和化妝品。下午不是全校芭蕾舞比賽嗎？我是評委之一，當然要打扮得漂漂亮亮的出席了。」

曉星在前面好像故意挑釁似的，說：

「姐姐，你打扮也不漂亮。」

曉晴馬上怒目圓睜：

「你敢再説一遍！」

曉星趕緊把身體往前靠，生怕曉晴把爪子伸來打他，又笑嘻嘻地説：

「噢，對不起！我語文是體育老師教的，詞語顛三倒四。我想説的是『姐姐，你不打扮也漂亮』。」

曉晴揚起下巴，驕傲地説：

「哼哼，這還差不多。」

小嵐沒好氣地把頭轉向窗外，這倆臭孩子，每天不打打嘴仗就不舒服。

小胖司機的駕駛技術蠻不錯的，短短時間就又快又穩地把三個孩子送到了學校門口。

走進學校，就是一條長長的林蔭大道，林蔭大道兩旁，是一幢幢設計典雅的教學大樓。這時正是學生上學高峯時間，校園裏，學生們有的獨自匆匆走着，有的三五成羣勾肩搭背，朝自己課室所屬的大樓走去。

在小嵐三人組的前面，走着三名女生，她們吱吱

喳喳地説着話。看得出來，説話的中心是走在中間的那個高挑女孩。

「雅兒公主，今天下午的芭蕾舞比賽，我看你肯定能拿第一。」左邊的胖女孩説。

「我看還是有點危險。賽虹呼聲也很高呢！」右邊的女孩説。

被稱作雅兒公主的女孩用鼻子哼了哼，然後信心滿滿地説：

「我才不擔心呢！賽虹，哼，我肯定贏她。等着看我捧冠軍獎盃吧！」

左邊的胖女孩興奮地拍着手説：

「太好了太好了！冠軍在我們班，我們全班同學也感到臉上有光呢！太榮幸了。」

右邊女孩瞅了瞅雅兒公主：

「你就那麼篤定？早幾天你不也擔心比不過賽虹嗎？」

「你不許我重新建立信心嗎？」雅兒公主有點不高興地説，「我説悦悦，你是我朋友還是賽虹朋友？

怎麼長他人志氣滅自己威風！」

名叫悅悅的女生笑了笑，對雅兒公主說：

「我當然是你朋友。我就怕你太掉以輕心，自信過頭。」

「放心吧朋友，下午，我贏定了。」雅兒公主使勁拍了拍悅悅的肩膀。

胖女生說：「今天第一課是化學。昨天老師不是讓我們直接去化學實驗室做實驗嗎？我們現在就過去吧！」

三個女生說着話，拐進了靠右的那幢教學樓。

小嵐知道這個雅兒公主，她是鄰國黃湖國國王的三公主。學習成績不錯，就是太好勝，凡事都想爭第一。

那位悅悅是一位小國公主，為人低調、穩重，據說還是皇位第一順位繼承人呢！宇宙菁英學院就是這樣，樹上掉下一片葉子都有可能砸中一位王子或者公主。

小嵐看了看雅兒公主苗條的身影，問曉晴：

「那位雅兒公主跳舞真的很厲害嗎？這麼自信自

己能拿冠軍。」

曉晴撇了撇嘴，有點不屑地說：

「我覺得賽虹跳得比她好，不知道她哪來的自
信。」

說着話不知不覺就進了課室，坐下拿出課本，就
聽到上課鈴響了。

上完上午的四節課後，又到了午飯時候，三人組
一起去學院的餐廳吃飯。

宇宙菁英學院因為學生來自不同地方、不同國
家，為了照顧學生的飲食習慣，設立的餐廳也各有特
色——有西餐廳，有中餐廳，有南亞風味餐廳，反正
學生們不論是想品嘗異國風味，還是想吃家鄉菜，總
能找到適合的食店。

當下，小嵐三人組就來到了一間印度餐廳，因為
曉星聽同學說這店裏的咖喱海鮮焗飯很好吃，所以他
一放學就嚷着來這裏吃午飯。印度餐廳店面積不大，
大概擺了二、三十張桌子，這時有大半桌子都已經坐
了學生。

「哇,好香的咖喱味!看來這裏的咖喱飯真的很好味哦!」曉星嘴裏都快流出口水來了,「我要吃兩份!」

「你敢?」曉晴雙手在腰間一叉,惡狠狠地説。

為了不被虎媽逮回香港,弟弟的嘴她是管定了。

「那麼兇幹嗎?」曉星脖子一縮,扁着嘴説。

「只能吃一份!」曉晴招來侍應,説,「三份咖喱海鮮焗飯。」

侍應説要等十五分鐘,所以曉晴和曉星兩姐弟不約而同地都拿出手機上網。

小嵐發現這家印度餐廳裏的壁畫很有特色,看似隨意的塗鴉,但其實每一幅都很有意思,而且充滿民族風情。正欣賞時,發現旁邊一桌的幾個男生女生在使勁朝餐廳門口張望,好像在等什麼人。其中一個圓圓臉的女生説:「賽虹怎麼還沒來?她説回宿舍拿點東西,馬上就來的。」

賽虹?不就是早上聽説過的那個跳舞很好的女生嗎?小嵐便留意起來。

這時，一個身材勻稱、樣貌清秀的女孩子跑了進來，她臉上滿是焦躁和沮喪，一進來就朝小嵐旁邊那張桌子跑去。看樣子她就是那幾個男女生口中的賽虹。

同學也發現了她的不對勁，圓圓臉女生就搶先問道：「賽虹，出什麼事了？」

「糟了糟了，我的紅舞鞋不見了！」賽虹聲音顫抖着，説道。

「啊！」那幾個學生都大吃一驚。

圓圓臉女生着急地説：

「怎麼會不見了？你原來放哪兒的？」

賽虹有點失魂落魄的樣子，聽到同學問，便説：

「我一直都放在舞蹈室的儲物櫃裏的。昨晚做完功課，我還穿着舞鞋在舞蹈室練過舞呢！練完我就放回儲物櫃，然後回了宿舍。因為下午就要比賽了，吃完飯我就要去大禮堂報到，所以剛才一下課我就去舞蹈室拿鞋，沒想到卻發現紅舞鞋沒有了。而我又沒有備用的鞋。」

「會不會你昨晚把鞋帶回宿舍了？我們學校治安

很好，從沒聽過有失竊現象。再說，有哪個賊會去偷一雙穿過的舞鞋呀？」一個男生說。

「是呀是呀！快回宿舍找找看。」幾個學生支持那男生的說話。

「我已經回去找過了，沒有！」賽虹很沮喪，眼裏充滿淚水，都快流出來了，「不過，我還是能確定是放在舞蹈室的。我每次去舞蹈室練完舞，都是把舞鞋鎖進儲物櫃，沒理由單單昨晚會帶回宿舍的。」

「不哭不哭。」圓圓臉女孩拿了張紙巾替賽虹擦了擦眼睛，說，「咱不怕！咱們馬上去買一雙新的。離比賽開始還有一段時間，我們現在馬上去買，應該來得及。」

賽虹忍不住哇一聲哭了起來：

「嗚嗚嗚⋯⋯沒用的。我那雙鞋是專門訂做的，我的腳號碼比較大，店裏沒有我合穿的舞鞋。」

圓圓臉女生聽了，急得直跺腳：

「天哪天哪，怎麼辦呢！該死的竊賊，怎麼連鞋子也偷！」

第三章

周·福爾摩斯·曉星

鄰桌的動靜有點大，連正在看娛樂八卦新聞的曉晴和打遊戲的曉星也放下了手機，聽他們説話。小嵐小聲對曉星説：「你能不能幫她？」

「我⋯⋯」曉星眨眨眼睛，好像有點迷惘。

論破案，小嵐姐姐比他厲害多了，怎麼小嵐姐姐不挺身而出，而要他去幫忙呢？難道⋯⋯難道⋯⋯啊，明白了，小嵐姐姐一定是覺得他的破案能力已經超過自己了。

「好，看我曉星出馬，大賊手到擒來！」曉星把手機放回褲袋，起身便向旁邊桌子走去。

邁了幾步又退回來，悄悄問：

「小嵐姐姐，你覺得這案子應該怎麼破？」

「笨蛋！」小嵐抬手給他腦袋送了一個炒栗子，

「你不是有個貓鼻子嗎？你可以用嗅覺替她找回鞋子呀！」

「啊！」曉星一拍腦袋，恍然大悟，怎麼就沒想到呢？自己的貓鼻子就是最佳的破案工具啊！

曉星馬上雄赳赳氣昂昂地走到旁邊桌子，對賽虹說：

「這位同學，別着急，有我呢！我會幫你找回舞鞋。別問我是誰，我是周‧福爾摩斯‧曉星！」

作為小嵐公主的朋友，宇宙菁英學院有很多人都認識曉星，只是他那個古怪的自我介紹把他們弄得一愣一愣的。

「臭小孩！」小嵐嘀咕了一聲，走過去對那幾個同學說，「你們好！曉星同學破案很厲害，他想幫你們。」

學生們見到小嵐走過來，都站了起來。

「小嵐公主，曉星同學真的能幫到賽虹？！」圓圓臉女生首先醒悟過來，驚喜地說。

「能！」小嵐又對賽虹說，「不過，首先得了解

點情況。有人知道你的腳大，舞鞋要訂做嗎？」

「有。」賽虹說，「很多一塊練舞的同學都知道，因為我的腳明顯比他們大，他們還表示過驚訝呢！說沒見過女孩子腳這麼大的。」

小嵐點點頭，又沉思了一會兒，說：

「我估計，偷舞鞋本意不在偷東西，而在阻撓你今天下午參加比賽。因為這個賊知道你來不及再找一雙合穿的鞋。跳芭蕾舞沒有舞鞋，那基本上就跳不成了。」

一言驚醒夢中人，那幾個學生都醒悟過來了，圓圓臉女生一拍腦袋說：

「對呀！我就覺得奇怪，幹嘛要偷一雙不值錢的舞鞋呢！這個偷鞋的人心腸真壞呀！」

小嵐又問賽虹：「你最近有得罪過人嗎？」

賽虹想了想，搖搖頭說：

「沒有啊！我從來不得罪人的。」

一旁的圓圓臉女生也插嘴說：

「是呀，賽虹人很善良，對人很好，她怎麼會得

罪人呢！」

小嵐點點頭表示明白，又在曉星耳邊耳語説：

「這事八成是雅兒公主幹的，而且很大可能失物就在她住的宿舍裏。」

曉星想起早上雅兒公主和幾個同學説的話，也明白過來了，他馬上煞有介事地給小嵐敬了個禮：「是，長官！」

雖然曉星的貓鼻子了得，但有個具體方向就更好了，免得要曉星滿學校去嗅呀嗅的，學校面積那麼大，那會很累的哦！

曉星裝模作樣地朝小嵐敬個禮，然後神氣地説：

「各位跟我走！先去失物現場看看。」

連賽虹在內的那五個學生，興奮地跟着曉星走了。雖然他們覺得曉星這古靈精怪的傢伙有點不靠譜，但有了小嵐公主的承諾加成，就大不一樣了。尤其是賽虹，仍有淚痕的小臉興奮得通紅，眼裏充滿了希望。

曉星朝門口走了幾步，又停住了，他突然想起了

已經下了單的那份咖喱海鮮飯：「我還沒吃飯呢！」

「找到失物再吃！我讓曉晴留下來，把我和你的那兩份打包了帶回去。」小嵐不由分說就把曉星推着走。

「哦。」曉星聽話地繼續往外面走去。

其實曉星也知道找舞鞋要緊，他也是個熱心助人的好小孩呀！

舞蹈室就在藝術樓的二樓，還挺寬敞的，足有一百多平方米，而儲物櫃就在舞蹈室右手邊的儲物室裏。儲物櫃是一個個小格子，每個小格子都有個門，平時可以鎖上。

走進舞蹈室後，賽虹就走在前面領路，走到差不多最末的地方時，賽虹停了下來，指指面前一個格子，説：「這就是我的儲物櫃。」

賽虹説完，拿出鑰匙插入匙孔中，一扭，「啪」的一聲門打開了。

曉星看了看櫃子裏，擺放着一袋衣服，還有一瓶香浴液，另外還有一些零零碎碎的東西。曉星不知從那裏掏出了一個放大鏡，就像一個真正的大偵探，裝

模作樣地這裏瞅瞅，那裏看看。其實他根本不是在看什麼，而是借着這動作的掩飾，用鼻子分辨櫃子裏的各種氣味。

對於一般人來說，櫃子裏就只有一種雜亂的氣味，但曉星的貓鼻子卻清清楚楚地分辨出了許多種氣味，包括衣服的氣味、香浴液的氣味、其他物品的氣味，還有已經丟失了的舞鞋的氣味，以及人留下的氣味。

人留下的氣味有兩種，其中一種曉星嗅到是屬於

賽虹的。而另一種，無疑是屬於作案者的了。曉星心想，哼哼，等會兒如果在雅兒公主身上嗅到這種氣味，就鐵定是她幹的了。

一直在曉星旁邊觀察着櫃子情況的小嵐，這時問賽虹：

「你這櫃子昨晚沒鎖嗎？怎麼會被人打開？」

賽虹解釋説：「這些鎖純粹是裝樣子的，其實很容易打開。我有一次搞錯了把隔壁櫃子當成自己的，結果用自己鑰匙去開，居然打開了。不過，因為這些儲物櫃我們一般都不放貴重東西，所以以前也沒有去介意這個問題。」

小嵐點點頭，原來是這樣。轉頭見到曉星蹲在地上用放大鏡煞有介事地看着地面，便拍了拍他腦袋，問道：

「曉星，怎樣，找到線索了嗎？」

曉星站了起來，得意地説：

「當然找到了！」

「啊，真的找到了？！」

「曉星同學太厲害了！」

賽虹和她的幾個同學都挺驚喜的。

「當然啦！我是誰呀？校園小王子，無案不破、無堅不摧的周‧福爾摩斯‧曉星。我厲害起來，連我自己都佩服。哈哈哈哈……」

曉星的叉腰耍帥仰天大笑突然停住了，小嵐給了他一個炒栗子：「快去找失物，時間不多了。」

「哦。」曉星用哀怨的小眼神看了看小嵐，姐姐，你也好歹讓我再得意一會兒嘛。

「好，大家跟着我，抓竊賊去！」曉星領頭走出儲物室，下了樓，然後沿着林蔭道朝前走着。

第四章
真相大白

圓圓臉女生一臉的崇拜，跟在曉星身邊問：

「曉星同學，你好厲害啊！你是根據什麼知道作案者在哪的呢？」

曉星愣了愣，不能跟她說是嗅到的，便胡亂編起來說：

「腳印！我剛才發現了腳印，現在我們是沿着作案者的腳印走，很快就能找到她了。」

「腳印？在哪裏在哪裏？我怎麼沒看到？」圓圓臉女生睜大眼睛朝地上看。

「這個嘛，得有高超的智慧、強勁的能力、銳利的眼光，不是一般人能看得出來的。」曉星的牛皮使勁吹。

「哇哦，了不起了不起！」一個男生朝曉星豎起

36

大拇指。

被崇拜的感覺就是好啊！曉星差點尾巴翹天上去了。

不過，曉星也的確厲害。他嘴上說是根據腳印，其實是根據氣味，他的貓鼻子發揮了巨大作用，居然一路上追蹤到剛才在儲物櫃嗅到的另一股人氣味，還有舞鞋的氣味，並且循着氣味一直走到了一幢宿舍樓前。

賽虹見到曉星在宿舍樓停下，驚訝地問：

「曉星同學，作案者就在這大樓嗎？我就是住這幢樓啊！」

曉星還沒回答，小嵐就問：

「賽虹同學，雅兒公主也住這裏嗎？」

賽虹點點頭：「是呀！她住二十一樓，那是宿費最貴的一層，每個房間都有七百多呎，裏面有客廳、臥房、書房，還有獨立洗手間和浴室。」

小嵐和曉星交換了一下眼色，這跟他們原先的猜測對上了。小嵐對曉星說：「上去吧！」

乘坐電梯，一直上到最高的二十一樓，電梯門一開，曉星情不自禁「噢」了一聲，因為他一直追蹤着的那股人氣味和舞鞋味越來越濃了。

　　他加快了腳步，在走廊裏走着，追尋着。終於在一個房間門前停了下來。

　　圓圓臉女孩看了看門房號：

　　「2105？咦，這不是雅兒公主住的地方嗎？」

　　「雅兒公主？」賽虹有點驚嚇地看着曉星，難道⋯⋯

　　曉星得意洋洋地説：

　　「很快就知道真相了。」

　　正在這時，房間門被打開了，有個人手裏拿着一個紙袋子走了出來。猝不及防的，門裏門外的人都嚇了一大跳。

　　「你們⋯⋯」從裏面走出來的雅兒公主。

　　「你⋯⋯」站在門口的人。

　　小嵐一愣之後，馬上盯住了雅兒公主的臉，只見她眼裏露出了一絲慌亂。但她很快就鎮定下來了，她

目光停在小嵐臉上，用很不友好的口氣說：

「小嵐公主大駕光臨，有什麼貴幹嗎？噢，還有幾位同學，有事嗎？」

小嵐根本不管她說什麼，看了曉星一眼，吩咐說：

「曉星，做事！」

曉星雙腳一併，大聲說：

「是，長官！」

「雅兒同學，我是校園小偵探周‧福爾摩斯‧曉星。」曉星盯着雅兒公主，說，「我認為你跟一樁鞋子失竊案有關，你有權保持沉默，但你所說的將會成為呈堂證供。」

雅兒公主臉色大變，她大聲說：

「你胡說！你以為你是警察呀，什麼保持沉默，什麼呈堂證供？我不知道什麼紅舞鞋，你別污衊人！」

「哈哈哈，你不打自招了！」曉星大笑說，「我剛才只是說鞋子失竊案，都沒說是紅舞鞋！如果不是

你偷的，你怎麼知道是紅舞鞋？！」

「啊！」雅兒公主一愣，露出慌張的神情，又說，「我就知道，聽同學說的。」

「聽同學說？」曉星說，「失主剛剛才發現東西不見了，哪會這麼快就傳出去？」

雅兒公主惡狠狠地瞪着曉星說：

「怎麼不會！我就是聽同學說的！」

曉星看看賽虹，賽虹小聲說：

「也有可能的。我剛才去過舞蹈室拿鞋，又回過宿舍找鞋，有同學知道也有可能的。」

雅兒公主得理不饒人，聲嘶力竭地喊着：

「周曉星！你污衊我，哼，你知道污衊一國公主會受到什麼懲罰嗎？哼，我要讓你這臭小子知道我的厲害！」

「夠了，別裝了！」小嵐大喝一聲，「你以為我們就這點依據嗎？你昨晚去偷紅舞鞋的時候，儲物櫃裏留下了指紋。」

「我不信，你胡說！」雅兒公主大驚失色，「不

會的，我當時戴了手套！」

一下子，門口的人全都對雅兒公主怒目而視，這下子，真是不打自招了！

雅兒公主這才發覺自己說漏嘴了，滿臉通紅，一聲不吭。

賽虹很生氣，她對雅兒公主說：

「你堂堂一國公主，為什麼要做這種事？我沒得罪過你吧？」

雅兒公主狠狠地盯了賽虹一眼：

「都是你不好！要不是你威脅到我舞蹈比賽的名次，我才犯不着半夜三更起牀，去舞蹈室拿走你的鞋。一個身分低下的平民女兒罷了，囂張什麼？」

「你……」賽虹被雅兒公主的橫蠻無理氣得臉色發白。

「住嘴！」小嵐忍不住大喝一聲，「雅兒公主，別以為你是公主就可以為所欲為，在宇宙菁英學院，所有人都是平等的，我們都是同一個身分——學生。天子犯法，與庶民同罪，做了錯事就要受懲罰，我會

把你的事向校董會匯報的，你等着受處分吧！」

「憑什麼？憑什麼處分我？你說我偷了紅舞鞋，好啊，你搜吧，搜出來我就任你處置，搜不出來我就告你們滋擾冒犯！」雅兒公主知道自己沒道理，幹脆撒起潑來，她冷笑着讓開路，要他們進屋搜。

曉星嘿嘿地笑了兩聲，説：

「進屋當然搜不住了，因為鞋子就在你手上。」

曉星指指雅兒公主手裏那個紙袋子。

雅兒公主沒想到曉星這麼厲害，嚇得手一鬆，手裏的東西落到地上，包裝袋破了，露出一雙紅色的舞鞋。

其實，曉星早就嗅到雅兒公主手裏拿着的就是那雙紅舞鞋了，只是不好跟一個公主搶來搶去的，希望她自己把鞋子交出來。沒想到這個公主如此野蠻，不但不認錯還倒打一耙，説他們滋擾冒犯。幸好天網恢恢疏而不漏，她自己露了餡。

站得離鞋子最近的圓圓臉女孩一彎腰，把紅舞鞋撿了起來，激動地説：

「賽虹，是你的舞鞋，真是你的大碼紅舞鞋！你下午可以參加比賽了！」

賽虹接過紅舞鞋，珍惜地抱在胸前。她鄭重地對小嵐和曉星說：

「謝謝小嵐公主和曉星同學幫忙，謝謝！」

她又看向雅兒公主，話語堅定地說：

「你聽着。下午，我一定贏你！」

「啊……」雅兒公主尖叫着跑進了房間，砰一聲關上了門。

第五章

國寶的秘密

曉星最近成了校園風雲人物。

賽虹參加學院芭蕾舞比賽，不負眾望得了第一名。之後賽虹代表學院參加首都中學生舞蹈大賽，又連闖三關，奪得亞軍，捧回了一個造型優美的獎盃，替宇宙菁英學院全體師生爭了光。

舞蹈大賽決賽由首都電視台全場直播，登上領獎台時，賽虹面對全國觀眾，激動地流下了淚水，她說要特別感謝兩位同學，一位是小嵐公主，感謝她伸張正義，替自己這個平民學生主持公道；另一位是校園小偵探曉星同學，因為曉星同學天才的破案能力，及時替她找回了被竊的紅舞鞋，為她的勝利奠定了基礎，她才有了獲獎的機會。她說，這個獎屬於小嵐公主和曉星同學。

自那天起，曉星同學走到那裏，都有人朝他翹大拇指，喊一聲「校園小偵探」，曉星開心得嘴巴整天都合不攏的，走路時下巴都朝上揚。

這天是星期六，小嵐三人組跟往常一樣，聚在嫣明苑的溫習室裏做功課。

這溫習室是萬卡特別布置了給三個小傢伙的，讓他們可以一起做作業、溫習功課。溫習室的三面牆各擺了書櫃和書枱，小嵐三人一人佔了一面。房間中央用一大兩小三張沙發隔成休息間，方便三個中學生做功課累了時可以休息一下，吃塊小點心、喝點飲料。

當下三人每人佔了一張書桌做功課，不過顯然只有兩人是專心的。因為其中一個雖然面前同樣攤着課本和作業本子，但眼睛卻盯着手裏拿着的一個平板電腦，一會兒眼睛睜得圓溜溜，一會兒嘴巴張得比河馬大，一會兒嘻嘻笑不知道在高興什麼，一會兒又神神叨叨地自說自話。

「哈哈哈，這個賽虹，怎麼把紅舞鞋失蹤案經過發到校網了？這麼多人知道，真不知道是好事還是壞

事！嘩，好多人留言啊！看看這個網名叫『喜歡吃炸雞』的人説些什麼，『我星真厲害』，這人有見識，説話好中肯；再看看這個網名叫『想在機場裏坐船』的人寫些什麼，『偵探小王子，我想做你那個放大鏡』！噢，這傢伙一定想一天二十四小時貼身跟着我，想學我的超級偵探能力；再看看，這個人叫『外星人打怪獸』，他説，『我媽問我為什麼跪在電腦前，真相是我對我星無限崇拜』。哈哈哈，笑死了笑死了！這個肯定是我的『忠粉』。」

「以後知道我是偵探小能手的人肯定會越來越多了。唉，太多人崇拜也很讓人煩惱啊！不行，得印些名片。銜頭是印『偵探小王子』好，還是『校園福爾摩斯』好呢？或者乾脆就印上『周·福爾摩斯·曉星』比較高端大氣上檔次……」

曉晴實在不能容忍房間裏老是有隻蜜蜂在「嗡嗡嗡、嗡嗡嗡」，她抬起頭瞪着弟弟，眼看要發脾氣了。

「別理他。」小嵐拉了曉晴一把，又瞪着曉星説，「功課沒做好的人，不許參加明天在漁次國的古

董拍賣會。」

「啊，我馬上做馬上做！」曉星趕緊放下平板電腦。

於是，書房裏有了三個專心做功課的人。

午飯前，三個人都做好了功課。只是其中一位的字寫得橫七豎八，像隻螃蟹抓出來似的，被兩位姐姐狠狠教訓了一番。

曉星嘻皮笑臉地承認了錯誤，發誓以後不這樣了，兩位姐姐才饒了他。曉星脫難以後第一時間拿出平板電腦，上網搜尋有關漁次國拍賣會的事。看看有什麼特別的拍賣品。

小嵐三人組跟外交大臣賓羅伯伯關係很好，賓羅伯伯喜歡研究和收藏古董文物，對三人組影響很大，讓他們明白到通過文物可以了解歷史，所以現在他們都對文物非常感興趣。

「咦，原來漁次國這場拍賣會是由一家日影國公司舉辦的呢！網上對這拍賣會反應很熱烈。啊，其中一件價值連城的拍品竟然是烏莎努爾的一件國寶。小

嵐姐姐，這是怎麼回事？烏莎努爾的國寶，怎麼成了日影國公司的拍賣品？」

曉晴也停下了咀嚼，用疑問的目光看着小嵐。

「很久很久以前，那時候好像還是萬卡哥哥的爺爺的爺爺的爺爺做國王。有一年，日影國跟另外幾個國家狼狽為奸，組成五國聯軍入侵烏莎努爾。烏莎努爾軍隊以一國之力，無法抵擋，聯軍一直打到首都。經歷了十多天激烈的首都保衛戰，軍隊終於抵擋不住，皇家衛隊掩護當時的國王逃離皇宮，逃亡到深山大嶺，隱藏起來。聯軍入城後，大肆燒殺搶掠。這件國寶就是那時候被一名日影國軍官從皇宮裏搶走，據為己有的。」小嵐一臉的氣憤。

「啊，原來烏莎努爾還有這麼一段辛酸的歷史。」曉星又追問道，「那後來是怎麼趕走聯軍，光復河山的？」

小嵐說：「後來，國王重新整合軍隊，又發動國民參軍，組成一支很厲害的軍隊，經歷了很多年艱難的浴血奮戰，終於趕走了聯軍。但是，損失已經造

成，單是國寶文物一項，有百分之八十以上被聯軍搶走，帶回了他們的國家。」

曉星使勁一拍桌子，怒氣沖沖地說：

「簡直豈有此理！搶走人家的東西，還要拿來拍賣，簡直是恬不知恥啊！這比強盜還要壞！」

曉晴也很生氣，她有點疑惑，說：

「我們不能通過法律途徑，把文物要回來嗎？」

「正義的人士也曾作過努力。」小嵐說，「十多年前，國際上曾經通過了一個《關於被盜或者非法出口文物的公約》，但這公約並不對所有國家有約束力，必須是兩個認可公約的國家簽署協定才生效。而現在那些掠奪過別國很多文物的國家，包括日影國以及漁次國，都沒有簽署協定。他們鼓吹什麼『文物國際主義』、『人類共同享有遺產』，為自己搶掠別人文物珍寶的強盜行為辯解，更以公約與其本國法律衝突為由而不予以承認。」

曉星又再狠狠地拍了拍桌子，氣呼呼地說：

「太可惡了！」

「烏莎努爾許多文物流失海外，想取回很難，現在有效的方法只有三個，第一個就是回購，就是我們自己出錢買回來；第二個是討還，這是一條很漫長很艱巨的路，困難重重，結果無法預知；第三個就是捐贈，有很多友好的外國友人或者愛國的烏莎努爾人，通過回購等方式高價買回再贈給烏莎努爾。而實際上，烏莎努爾在過往也曾通過回購和捐贈方式，拿回了不少文物。但十分令人氣憤的是，其中一些心懷惡意、貪得無厭的人，知道烏莎努爾希望文物回家的願望強烈，故意抬高價格，把文物抬到一個不可思議的價位，以拿到天文數字的金錢收益。聽說上一任國王在位時，就曾經以四千八百多萬美元，從日影國拍回了一尊五十厘米高的銅像。」小嵐説着，很是氣憤。

曉晴眼睛睜得雞蛋般大，驚呼道：

「四千八百多萬美元，那等於三億七千多萬港元啊！只是換回一尊五十厘米高的銅像，付出的代價也太大了吧！」

「因為那不但是歷史悠久的文物，還是首任國王的

雕像，所以為了尊嚴，不得不這麼做。」小嵐解釋說。

「太過分了太過分了！」曉星氣得使勁用雙手捶桌子。

「明天在漁次國拍賣的烏莎努爾文物也很重要啊，是第五代國王使用過的權仗呢。」小嵐說。

「權杖代表着國王的尊嚴，這簡直是打臉啊！」曉晴很憤怒。

曉星邊看平板電腦邊說：

「有知情人士透露，這枝權仗自從當年被那名日影國軍官搶走，帶回國後，在家族中世代相傳，現在是由他的後代、一個名叫西門的人第一次拿出來拍賣。你們看，這裏有另一位知情人士透露，那個西門想把權杖賣出史上文物最高價呢！據傳聞他還找了好些人扮作買家去拍賣現場抬價，真氣人！」

曉晴皺着眉頭問道：

「小嵐，萬卡哥哥這次會把文物買回來嗎？」

小嵐唉聲歎氣地說：「他很為難。他既不想國寶流落在外，但把大筆的錢白白送給強盜，買回被搶的

文物，更是一種恥辱。」

曉晴長吁短歎的：「唉，這可怎麼辦呢？」

小嵐一邊收拾桌上的書本，一邊說：

「聽賓羅伯伯說，有一位在漁次國開公司的烏莎努爾商人，想把權杖買下來，送給國家。」

曉星眼睛一亮，拍手說：

「這位商人真好，真愛國啊！不過，明明知道文物是他們搶的，還要給錢他買回來，想想都很氣呢！如果能一元錢都不花就能讓國寶回歸，那就好了。」

小嵐也覺得挺無奈的：

「我也想這樣啊！但事情就是這樣令人氣憤，要拿回文物，就得給錢。」

「唉……」一時間，書房裏一片歎息聲。

因為第二天上午就是拍賣會，所以他們吃完晚飯就坐了皇家一號專機去了漁次國。在那裏睡一晚上，然後參加拍賣會。

第六章

權杖去哪兒了

　　漁次國是個沿海國家，屬海洋性季風氣候，温暖宜人。小嵐三人組吃完早餐，見到時間還早，就慢悠悠地走去酒店對開海灘散步。

　　海風送爽，令人心曠神怡，海浪嘩嘩地湧上海灘，撞在礁石上，水花四濺，幻化成無數顆珍珠。沙灘上有幾隻小螃蟹在慌慌張張地橫着行走，曉星頑皮地一跺腳，嚇得牠們慌不擇路地鑽進了小洞洞中。

　　三個人在海邊逗留了半個多小時，見時間差不多了，便返回他們住的酒店。拍賣大廳就設在酒店的頂樓。

　　之前約好賓羅伯伯在拍賣大廳外面碰面的，賓羅伯伯比他們早十幾天來了，本來想通過外交斡旋，讓屬於烏莎努爾的文物回家的，沒想到權杖現時持有人

西門，一口拒絕，説是文物在誰手裏就屬於誰，堅決不肯歸還。而日影國各級政府，也裝傻扮懵，硬是不肯出手相助，結果賓羅大臣白忙一場，憋屈極了。

小嵐他們昨晚到達後，賓羅大臣仍在四處奔跑，作最後努力，所以彼此還沒見過面。

拍賣大廳門口，賓羅大臣正跟一個和他年紀差不多的男士在説話。三人組一出現，賓羅大臣便迎了上去，向小嵐問好。小嵐三人也都異口同聲地問候：「賓羅伯伯好！」

賓羅大臣給小嵐介紹他身邊的男士，説：「公主殿下，這位是愛國商人、大企業家葛先生。」

「葛先生你好！」小嵐彬彬有禮地跟葛先生握手。

雖然賓羅大臣沒有明説，但小嵐已經猜到，這就是打算拍下那枝權杖的烏莎努爾商人。

不惜拿出幾千萬以至上億的錢購回國寶，不是很多人能做到的，小嵐覺得這位葛先生的愛國熱情很值得讚許，也希望他的願望能達成。但一想到這多錢落入了那些非法佔有文物的人手裏，心裏又很不舒服。

反正事情就是這麼令人無奈。

　　每個進入拍賣場的人都是要交保證金的，不過這些事賓羅伯伯已經提前替他們辦妥了。當下小嵐去服務處出示了身分證，就拿到了競買證和競價號牌。一個證可以二至四人入場，小嵐帶着曉晴曉星順利地進入了拍賣場。

　　因為辦證的時間不同，所以賓羅伯伯跟小嵐他們三人的座位不在一塊。賓羅伯伯和葛先生坐在拍賣場的前面，而小嵐和曉晴曉星就坐在靠後一點的地方。

　　拍賣準時開始了。一名五十歲上下的男拍賣師走到台上，簡單致了幾句歡迎詞後，宣布拍賣開始。

　　一個年輕女孩手捧一個大約三十厘米高的玉色雲紋古董花瓶上場，拍賣師報出美元二十萬的起拍價，每次增價幅度兩萬，台下馬上有競買人舉牌，大聲說：

　　「二十四萬！」

　　緊接着又有人舉牌：

　　「三十萬！」

看來不少競買人都對這花瓶感興趣，不斷有人舉牌競拍，花瓶最終一錘定音，以六十萬美元的價錢，賣給了一名漁次國文物收藏家。

曉星跟兩位姐姐嘀嘀咕咕的：「這樣的花瓶要六十萬美元，等於港元四百多萬，我才不買呢！也不是很漂亮嘛！」

曉晴對文物的估價方式很感興趣，問小嵐：

「其實文物的價值是怎麼評估出來的？」

「應是從三個方面評估。首先是歷史文化價值，其次是藝術審美價值，第三是學術科研價值。」小嵐對這方面還是有些研究的。

「明白了。」曉晴點頭説，「所以漂亮不漂亮只是其中一方面。」

接下來又陸續拍賣了五、六件古董。這時，重頭戲來了，拍賣師高了幾度的聲音叫道：

「下面，緊張的時刻到了，即將上場的拍品是驚世大寶物……國王的權杖。」

大廳裏頓時響起一片喧嘩。

「國王的權杖」在拍賣前已在網上掀起熱議，因為它的歷史背景、它的背井離鄉的經過、它在市場上的預判價值，無不吸引人的眼球。不同的人有不同的感受，有的人因它難受、因它憤怒，也有人因它而挖空心思、出盡詭計妄圖榨取更大筆金錢。大家都知道，這件拍品的拍賣過程肯定不會尋常。

一名年輕女子雙手捧着一個紅色長方形盤子上台了，人們的視線落到盤子上時，便馬上凝固了，像被黏到上面一樣。

只見燈光下，盤子上的權杖彩光四溢、炫人眼目。

拍賣師用戴着白手套的手，小心翼翼地從盤子上拿起權杖，用台下所有競買人都看得清楚的不同角度展示着。權杖大約五十厘米左右，手握部分由精鐵鑄成，而權杖的上端是一個金子做成的精緻的皇冠，皇冠上鑲有一顆心形藍寶石。

這時舞台上那塊展示屏幕，就配合地將權杖的細節放大了給競拍者觀看。可以看到手握部分的精鐵上有着玫瑰花的花蕾和葉子、枝蔓的浮雕，精雕細刻，

工藝十分精湛；而皇冠上的藍寶石，細看之下不是一整塊，而是用很多顆藍色小鑽石拼成的。

拍賣師大聲說：「國王的權杖起拍價是五百萬美元，每次增價幅度二十萬。」

「嘩！」台下人們發出了驚訝的聲音，起拍五百萬美元，每次增幅二十萬，簡直是天價啊！

「這起拍價和增幅是誰定的？」曉晴問小嵐。

「拍賣公司。」小嵐回答。

曉星忿忿地說：「五百萬美元等於三千九百萬港幣，這起拍價也太高了吧！我相信，很可能叫幾次價就過億了！」

曉星猜對了。

第一個競買人已經叫價六百萬，第二個競買人叫價九百萬……都了第六個人叫價時，已經增到兩千萬了。兩千萬，已約等於港元一億五千多萬了！

台下的人仍在叫價。其中包括葛先生，但他的臉色已經不好看了，因為按這樣的增幅，到最後不知拍出一個怎樣驚人的價錢。如果是他沒法承受的，那他

希望國寶回歸祖國的願望就破滅了。

　　坐在葛先生旁邊的賓羅大臣，努力壓抑着心中的怒火。其實，這幾天通過明查暗訪，他已經知道那叫價的人有部分是配合委託人西門，故意抬高拍品價格的。但是他又沒有證據，無法制止。

　　競拍仍在繼續，價格仍在上升，很快已經升到三千五百萬，但仍有人繼續叫價。

　　這情況很不正常，本來拍賣行業有規定，如果拍賣時覺得有人抬價，拍賣公司有停止拍賣的權利的，但台上那個拍賣師一點沒有叫停的意思，只是一次又一次地報出競買者的新叫價。看來，傳聞中拍賣公司與西門相互勾結，有意抬高價格一事是真的。

　　小嵐實在氣憤，她很想直接走去跟葛先生叫停了，別再參加競拍了，不能讓那些強盜如願。

　　正在這時，變故突然而至，拍賣大廳裏的燈突然熄滅了，頓時變得漆黑一片。

　　「啊！」

　　「怎麼回事？」

「天哪，好害怕！」

大廳裏出現了無數驚叫聲。

「小嵐小嵐，好黑，我好怕……」曉晴緊張地一把摟住小嵐。

曉星就一迭聲地問：

「什麼事什麼事？」

小嵐很鎮靜，但腦裏有個聲音在說：「不對頭。」

沒想到，大廳裏的燈一下子又亮了。人們還沒來得作出反應，就聽到台上一聲恐懼的大叫：

「權杖呢？天哪，權杖不見了！」

那是拍賣師的聲音。只見他臉色慘白，兩眼死死地盯着拍桌上空蕩蕩的盤子，狀若瘋狂。

台下有人發出一聲慘叫，一個身材短粗的中年男人跑上了台，跑到那空盤子前面，歇斯底里地叫喊着：「權杖！我的權杖！」

他就是西門。拍賣品在拍賣公司手上丟失，委託人應可以索償的，但賠償價錢就遠遠比不上拍賣得來

的錢了，所以他這樣氣急敗壞。

「活該！」曉星脱口而出。

西門抬高拍賣價的陰謀不能實現，小嵐心裏也小小開心了一下，但接着又變得沉重，因為如果文物真的不見了，那國寶回家的路就更加遙遙無期了。

台下的人紛紛站了起來望向台上，一個個交頭接耳、臉露震驚。

立刻就有拍賣公司的護衛員跑出來，守住了拍賣場的大門，不許任何人進出。

一名看上去像是拍賣公司領導的人急急走上台，說：「各位來賓，非常抱歉。因為拍賣品丟失，各位要暫時留下，協助破案。我們已經向警方破案，警方馬上會來到。希望大家配合。」

台下的人都議論紛紛起來。

「天哪，我們都成了疑犯了嗎？」

「真倒霉。早知道就不來湊這個熱鬧了！」

「那麼短時間內，拍品就神不知鬼不覺被盜走了，好厲害的盜賊啊！」

「要破案，太難了！」

警察局很快來人了。因為失物貴重，所以警方很重視，派來的軍裝警員足有四、五十名，另外有十多名便衣，應是刑事偵緝方面的探員。

看着警察們有的在現場搜集證據，有的在給在場人士錄口供，有個人開始興奮了——該是我周·福爾摩斯·曉星大顯身手的時候了。

「我來了……」曉星就想朝警察們衝去。

小嵐一把抓住他，豎眉瞪眼教訓道：

「笨蛋！知不知道你現在身分是什麼？嫌疑人之一啊！權杖不見了，在場的每一個人都有作案嫌疑！」

曉星一副被傷到的樣子，十二萬分委屈地說：

「小嵐姐姐，我曉星一看就是正氣凜然、大智大勇的名偵探啊！怎麼可能有人懷疑我呢？」

曉晴說：「小嵐，咱們別管他，讓他去！」

「看我的！」曉星自信心滿滿的，朝正在辦案的警察們走去。

「嘿嘿嘿，那個小孩，你站住！」一個探員指着曉星，「留在你的座位上，等候警察錄口供。」

「我來幫你們呀！」曉星説。

「你乖乖聽從安排，就是幫我們了。好好待着！」警察不耐煩地説。

「嗚嗚嗚……」周·福爾摩斯·曉星好沮喪，好傷心。

「活該。你以為自己是國際刑警嗎？人家漁次國的警察做事，你摻和什麼！」曉晴幸災樂禍地説。

「嗚嗚嗚……」周·福爾摩斯·曉星繼續沮喪，繼續傷心。

所有人被留在現場，逐個登記身分並回答警方問話，耽擱了四、五個小時，才開始陸續放人走。

當然，每個人離開時，都要經過一個電子感應器，拍賣品上貼有特殊標籤，經過感應器時就會發出警報。其實即使不用電子感應器，人們也不可能把權杖藏在身上帶出拍賣大廳的，那麼一枝五十厘米高的東西，怎能瞞得過人的眼睛呢？

小嵐三個人故意留在最後離開，想看看有沒有查找到失物。但一直到警方收隊，也沒聽到感應器發出聲音，也沒看到警方在場內搜出失物。

　　參加拍賣的人並沒有偷走文物，但權杖又不在場內，竊賊究竟是誰？他是怎樣把權杖帶離現場的呢？太不可思議了！

第七章

智破假幣案

賓羅伯伯因為工作繁忙，在拍賣會當天傍晚就乘飛機回烏莎努爾了，小嵐他們三個留了下來，打算多留兩天再走。因為剛好是連續幾天的公眾假期，他們不用上學。

把賓羅伯伯送去機場，看着他乘坐的飛機升上高空，小嵐對曉晴曉星説：

「走，咱們去做些有趣的事。」

「好啊好啊，我最喜歡做有趣的事了。」曉星十分雀躍。

曉晴驚喜地問小嵐説：

「小嵐，是你發現了購物的好地方嗎？我覺得購物最有趣了。」

曉星使勁地搖着頭説：

「購物算什麼有趣的事呀！我想小嵐姐姐一定是想帶我們去吃好吃的。吃東西最有趣了！」

「錯錯錯！」小嵐搖頭說，「難道你們不覺得去案發現場勘察很有趣嗎？或者我們能找到警方忽略掉的線索呢！」

「同意同意，我舉雙手雙腳贊成。」曉星十分興奮，「漁次國警方不讓我們幫忙，絕對是他們的損失。那我們就獨自去破案，把國王權杖找回來。」

回到酒店時，三個人乘電梯直上頂樓。到了頂樓走出電梯，往左一拐就是拍賣大廳。沒想到的是，門口有個警察守着！

見到有人走來，那警察眼睛睜得大大的，警惕地注視着。等小嵐他們走近，警察「咦」了一聲：

「你們不是在拍賣現場那三個小孩嗎？」

原來這警察上午也參與了拍賣大廳的調查取證工作，在競拍現場的都是成年人，只有小嵐他們幾個是孩子，所以他有印象。沒等小嵐幾個回答，他又問：

「你們怎麼還沒走？留在酒店幹什麼？」

「叔叔好！」曉星嘴巴甜甜地喊着，又説，「叔叔我們是在這酒店住的。」

「哦。」警員點點頭，問道，「你們來這裏幹什麼？」

曉星裝出一副天真的樣子，説：

「我們想進去玩玩，玩拍賣遊戲。我扮拍賣師，兩個姐姐分別扮競買的人。」

警員趕緊攔着，説：「不行不行。裏面是案發現場，暫時不許無關的人進去。」

曉星伸出一根手指：「進去一下，就一下下。」

警員盡忠職守，毫無通融的樣子：

「半下也不行。你們馬上向後轉，齊步走！」

小嵐見那警員一副堅決樣子，知道難以混進大廳了，便説：

「好吧，我們就別為難警察叔叔了。」

又對曉晴曉星説：

「走吧！」

往前走了十來步，小嵐突然轉身，問道：

「案子有突破沒有？」

那警員猝不及防，脫口而出：

「已經確定案犯身分，是拍賣公司員工。但他們很警覺，已經逃跑了，警方已經展開追捕。」

剛說完，他又醒悟到自己不該洩露案情，打了自己嘴巴一下，然後有點惱火地朝小嵐他們揚揚手：

「你們幾個小孩好煩。快走快走！」

「拜拜，走囉！」曉星給警員扮了一個鬼臉。

三人走進電梯，曉星給兩個姐姐出了一道選擇題：「你們是希望警方抓到案犯，國寶回到西門手裏？還是希望案犯逃走了，讓那個西門什麼也撈不着？」

曉晴想了好一會兒，說：

「兩樣都不希望。我希望權杖自己長了腳，跑回烏莎努爾。因為它本來就該屬於烏莎努爾的。」

「哇，姐姐，咱們難得觀點一致啊！」曉星嘻皮笑臉的，「我也想這樣啊！如果我是個魔法師就好了，把魔法棒一揮，權杖就回家了。」

「叮！」電梯停在他們住宿的那一層，曉星手急

眼快按了關門，電梯又下降了，曉星說：「既然不能去破案，就做些別的有趣事情吧！」

「好，去購物！」曉晴舉起手。

「不，先去吃東西！」這個提議的人是誰，不用問就知道是曉星了。

「先去購物！」

「先去吃東西！」

「先購物！」

「先吃東西！」

兩姐弟又爭起來了。

「真麻煩。擲錢幣吧！正面就先去吃東西，反面就先去購物。」小嵐掏出一個一元硬幣，往上一拋，然後迅速用右手把硬幣按在左手手背上。

「反面！噢噢噢，去購物！」曉晴高興得大叫起來。

曉星嘟着嘴不高興。不過他也是一個守承諾的孩子，不會胡攪蠻纏，無可奈何地跟着曉晴去商場了。

三人去了附近一個購物中心商場。小嵐沒什麼想

買的，因為她有一個很稱職的管家——瑪婭，把方方面面都替她考慮到了，四季衣服、日常用品，甚至零食小吃，都常備在嫣明苑，唯一小嵐要親自買的，就是她喜歡看的書了。

本來瑪婭也同樣有替曉晴曉星準備這些的，但曉晴喜歡時尚衣服及用品，哪樣新潮買那樣；曉星喜歡吃東西，口味多變，瑪婭無法一一照顧到，所以他們就常常自己出動去搜羅。

當下曉晴這個購物狂出動金睛火眼，在商場到處亂轉。買買買，買買買，不一會兒，自己身上，還有小嵐、曉星身上就掛滿了各種購物袋。

幸虧小嵐在商場發現了一間快遞公司門市，趕緊讓曉晴把東西打包，委託快遞送回烏莎努爾，要不準得被累死。

三個人一身輕鬆地從快遞公司出來，突然聽到對面一間店舖傳來激烈的爭執聲。

那是一間賣汽水、糖果、香煙等小貨品的小士多，一個看上去是店舖老闆的五、六十歲伯伯，手裏

拿着一張百元漁次幣，生氣地説着話：

「……剛才就你們兩個拿着一百元來買過東西，這假幣不是你的就是她的。我肯定沒認錯人，我見過你們好多次，你們兩個都是在這商場工作的。」

伯伯指指面前的一個中年大叔：

「你在四樓美食天地賣燒雞的。」

他又指指面前一個年輕女孩：

「你在一樓那家名牌西裝店做銷售的。」

年輕女孩臉色蒼白，一副被嚇着的樣子：

「阿、阿伯，我剛才是給了你一張百元紙幣買一盒奶茶，但我給你的是真的錢，不是假鈔。」

那個中年大叔就顯得氣勢洶洶的：

「喂，老傢伙，你別倚老賣老冤枉我！我怎麼會用假錢呢，早知道就不光顧你這間破店了，買包朱古力還要受你氣！」

「這錢一看就是假的，你們看，顏色比真錢要深，圖案也十分粗糙。剛才一下子有幾個人來買東西，我手忙腳亂的沒留意，才收下了，還給回九十

多塊的找贖。」老伯伯把錢給圍觀的人看，又氣憤地說，「我這店子本少利微，每天掙的本來就不多，一下就損失了一百多塊，我今天就白做了。你們良心過得去嗎？」

「真的不是我。那錢假得這麼明顯，真的不是我給你的那張。」那個女孩委屈地申辯着。

中年大叔乾脆就捋袖子想打人：

「再冤枉我，看我揍你！」

曉星悄悄地對小嵐說：

「小嵐姐姐，如果讓我聞聞那張假幣，我能聞出是誰的。」

「但你沒有說服力，沒有人相信你有個貓鼻子的。」小嵐說，「我來吧，我有辦法！」

小嵐分開圍觀的人羣，走到老伯伯身邊，說：

「伯伯，我幫您找出使用假幣的人。」

「你？」老伯伯愣了愣，「小姑娘，你有什麼辦法？」

「反正我有辦法，您看着就行。」小嵐說，「你

有能盛水的東西嗎？」

老伯伯說：「有啊！我們店裏有即棄碗。」

小嵐點點頭：「請拿兩個來。」

老伯伯狐疑地看了看面前這個漂亮小姑娘，不知她要的碗跟找到用假紙幣的人有什麼關係，不過他還是點點頭去拿了。

「謝謝！」小嵐拿着碗，去飲水機那裏各接了大半碗水，接着放在店門口的一張凳子上，然後對伯伯說，「請您把剛才收到的那兩張百元紙幣分別浸進兩隻碗的水中。」

伯伯按小嵐吩咐做了。

圍觀的人越來越多了，大家都很感興趣地看着，想知道小嵐怎麼分辨真假鈔票。

小嵐看着兩碗水，過了一會兒，放了真錢的那碗水仍然清清的，跟沒放紙幣前變化不大，而另一碗放了假錢幣的，水面上浮起了點點油星。小嵐拍拍手說：

「我知道假幣是誰的了。」

她指着中年大叔，大聲説：

「用假幣的人是你。」

中年大叔正一臉不屑地看着小嵐擺弄碗呀錢呀，聽到小嵐的話嚇了一跳，隨即圓睜雙眼瞪着小嵐，怒沖沖地説：

「你胡説八道什麼！」

圍觀的人議論紛紛，有個嬸嬸問：

「小姑娘，你有什麼根據，説假幣是這位先生的呢？」

「我來答吧！」曉星走過去代小嵐答道，「這大叔不是賣燒雞的嗎？他的一雙手一天裏不知接觸過多少隻燒雞，手上、指甲縫裏，肯定都是油呼呼的，所以他拿過的紙幣必然也沾上了油。有油的紙幣浸在水裏，水面必定就會有油星了。所以這有油星的碗裏的假紙幣，就是大叔交給伯伯的那張。」

中年大叔聽了，臉色有點慌張，他把手往背後一縮，説：

「我不服！或者手裏有油的是那女孩呢！」

「這姐姐在高級西服店做銷售，整天和衣服打交道，他們的手肯定要保持清潔，否則會把昂貴的衣服弄髒。」小嵐說着走到女孩身邊，抓起她那隻乾乾淨淨的手，對大家說，「你們看看，她的手有油嗎？」

看着女孩那雙潔淨的手，人們都不約而同搖頭，一齊說：「沒有！」

然後，他們又不約而同地去看中年大叔的手。雖然中年大叔想把手藏起來，但到底藏不住，大家還是看見了。

「哇，真的沾了很多油欸！你們看油光光的。」

「假錢肯定是他的。」

「幸虧這女孩子聰明，把他當場抓了！」

人們議論紛紛的，都用鄙視的目光看着中年大叔。中年大叔害怕，轉身想走，但被人攔住了。一個年輕人說：

「請你把錢還給阿伯。」

中年大叔沒辦法，只好把剛才老伯伯找給他的九十多元錢，還有他買的那包朱古力，還給老伯伯。

老伯伯拿回那些錢，但沒拿回朱古力：

「這朱古力我不要了，賣出去的食物，我不會收回來的。」

在眾人鄙視的目光中，中年大叔垂頭喪氣地走了。其實他那張一百元假幣也是賣燒雞時收到的，當時太忙沒看出來，發現時已經找不到那個用假錢的人了。他心裏挺惱火的，便想把假錢花出去，將損失轉嫁別人。他欺負老伯伯年紀大眼睛不好，便跑來這小店想把假錢用了，沒想到碰到小嵐，打破了他的如意算盤。

老伯伯和那個賣西裝的女孩都很感謝小嵐，圍觀的人也都稱讚小嵐聰明，小嵐說：

「謝謝大家誇獎。對於假幣，以後大家都要提高警惕，提防上當。如果不小心上了當，收了假幣，可以報警求助。如果實在追不回來，就當買個教訓。千萬不要像剛才那個人那樣，妄圖將損失轉嫁給別人。這是很不道德的行為。」

「對！小姑娘說得好。」

「我們以後都要提高警惕，不要上當！」

大家都表示贊同。

告別伯伯之後，三人組去吃美食去了。曉星這頓吃得特別多，他說是因為幫助了別人，做了好事，所以心情舒暢，胃口也變好了。只是苦了曉晴，一直在旁邊哼哼唧唧的，擔心弟弟體重因此又增加了。

第八章

失物仍在現場

「叮咚叮咚叮咚……」第二天早上，小嵐是被一連串的門鈴聲嘈醒的。

「臭孩子！」小嵐生氣地嘟嚷着。

不用問她就知道這是誰了，除了曉星，誰會幹這種擾人清夢的事！

「大新聞大新聞！」曉星手裏拿着一部平板電腦，指着上面一則新聞說，「小嵐姐姐，你快看漁次日報晨早網上新聞，偷權杖的人死了！」

「啊！怎麼死的？」小嵐嚇了一跳，接過曉星手上那部電腦，放在桌子上看起來。

（本報訊）今晨一點左右，邊防軍發現有兩名身分不明人士偷越國境，經警告後兩名越境者不但未停止非法行為，還持大殺傷武器向邊防軍官兵射擊，導

致多人傷亡。邊防軍進行圍捕時再次遭到猛烈槍擊，再有官兵兩人受傷，最後兩名越境者被擊斃。

經查，該兩名越境兇徒為偷走國王權杖的在逃案犯，但兇徒身上並未發現贓物，相信已事先轉移。警方之後又證實兩人是警方通緝多年的恐怖分子，之前曾製造多宗恐怖活動，造成多人傷亡。

因為國王權杖被盜案的案犯已死亡，而被盜的權杖又不知去向，所以警方只能把該案作為懸案處理。國王權杖持有人西門先生聞訊大為不滿、提出抗議，但也無法改變結果⋯⋯

「總算有了結局，強盜的後人希望落空，貪婪的竊賊也沒有好下場。只是遺憾權杖不知道去了哪裏，不知道還有沒有回家的一天。」曉星聳聳肩，表示無奈。

小嵐沉思了一會兒，然後說：

「等會兒我們再去現場看看，既然已結案，那裏應該沒有人守着了。」

曉星眼睛一亮，隨即使勁地點頭：「好啊好啊，

我們可以看看警方還有沒有遺漏的線索，說不定能找出國寶的下落呢！」

「姐姐，太陽曬屁股了，快起牀！」曉星跑去了隔壁房間，邊按門鈴，邊大聲叫嚷。

在曉星的腦袋吃了曉晴幾個炒栗子之後，三個人成功地出門了。當然先去樓下餐廳吃早餐了，用曉星的話就是，「肚子裏有美食才好幹活嘛」。

酒店的自助早餐很豐富，曉星是高興死了，曉晴卻是惱火死了，一個是每樣都想嘗嘗，一個是盯得死死的不許多吃，半個多小時的用餐時間都鬥爭激烈，小嵐只想躲得遠遠的，裝作不認識他們。

一頓早餐吃到烽煙滾滾，結果是曉星吃飽了，曉晴也氣飽了，直到吃完走入上頂樓的電梯時，一個飽得肚子脹脹的，一個氣得肚子也脹脹的。

上到頂樓，見到拍賣大廳門口的警察果然走了，大門的門雖然關着，但一擰就打開了。三人走了進去，小嵐轉身把門掩上。

大廳裏面只開了壁燈，頭頂上多盞大吊燈都沒有

開，所以感覺上沒有了拍賣當天的堂皇。

啪、啪、啪、啪……小嵐找到吊燈的開關匣子，把吊燈一一打開了。她雙手放在背後，一邊思考一邊四處觀察着。她突然嘀咕了一句：

「失物有可能仍在案發現場。」

「啊！」曉晴曉星兩姐弟聽了，都忍不住叫了起來。

「小嵐姐姐，真的嗎？國王權杖還在這拍賣大廳裏？你是根據什麼判斷的？」曉星眼裏發着光，一副好奇寶寶的樣子。

小嵐緩緩地點着頭，說：

「你們不覺得案犯作案的時間太短嗎？大廳裏的燈熄滅六秒鐘就重新亮了，六秒鐘是很短很短的時間，案犯是怎麼拿了權杖，再拿着離開，而又不讓人看見呢？以那權杖的長度，可是很難藏在身上的呀！所以，我設想他們會把東西暫時藏起來，再找機會回來取走。只是警方一直派人嚴密看守大廳，他們又被警方識破身分急於逃亡，所以沒辦法回來拿東西。他

們越境逃走時沒把東西帶走，這也從另一方面證實了我這推斷。」

「嗯，我覺得小嵐姐姐分析得挺對的。」曉星邊聽邊點頭，「但東西究竟藏在哪裏呢？我們那天也看到，警方可是把整個拍賣大廳，還有跟大廳相連的放置拍品的房間，都仔細地搜了一遍，差點都要挖地三尺了。」

「我也覺得奇怪，所以今天再來看看。」小嵐說。

曉晴這時提出一個疑問：

「其實我有個問題想不通。案犯既然能讓拍賣大廳的燈熄滅，那為什麼不讓它熄滅的時間長一些，讓他們來得及在黑暗中帶着權杖逃走呢？」

「這問題問得好。」小嵐點點頭，說道，「這事我了解過。原來這拍賣大廳是有備用發電機的，在供電系統出現故障六秒鐘後會自行啟動供電。那天重新亮起來的其實是發電機發的電。」

曉晴聽了恍然大悟：

「原來是這樣。我還以為是案犯關了電閘六秒之後，又把電閘打開了。」

「警方就是從這一點推斷案犯是混進拍賣公司的工作人員，因為只有內部的員工，才知道停電六秒後發電機會啟動，才會那麼準確地利用了那六秒鐘作案。」小嵐說。

這時忽然不見了曉星，才發現他正蹲在地上往每張椅子的底下瞅。曉晴喊道：

「曉星，你在幹什麼？」

「我看看權杖有沒有被藏在椅子底下。」曉星回答說。

「笨蛋！那天警察已經全看過了。」曉晴大聲說。

「噢，也是！」曉星撓撓頭，站了起來。

這時，小嵐走上了舞台，曉晴曉星也跟在後面走上去了。小嵐站在拍賣台前說：

「幾天前，拍賣品就是在這張拍賣台上不見的。我們來個案情重組，看看竊賊是怎樣利用燈熄滅的這

六秒時間，迅速地走到拍賣師面前，拿了拍賣品，然後離開的。」

「竊賊是拍賣公司的人，會不會熄燈前就站在舞台一側，熄燈後他從台側跑上來，拿了再轉身返回台側，趁混亂把東西藏起來。」曉星目測了一下由拍賣台到台側的距離，又自己否定了，「我想時間應該來不及。」

「有沒有可能竊賊原來是坐在觀眾席上的，熄燈時由台下跳上舞台，拿走權杖呢？」曉晴說。

小嵐看了看由觀眾席第一行到舞台的距離，還有由地面到台上的高度，搖搖頭說：「沒可能。第一，跑向舞台的距離不短，第二，舞台差不多有一米高，要在短短時間跑完這段距離，再跳上舞台偷東西，偷完東西再離開，或者藏起來，這都不是六秒內能做到的。」

曉星用指頭點着腦袋，嘴裏嘀嘀咕咕地說：

「竊賊不是從旁邊跑出來的，也不是從前面跳上來的，難道是從上面掉下來的？」

「上面？」小嵐好像受到了啟發，她眼睛一亮，抬頭看着舞台上方。

舞台拍賣台的上方有個燈光架，每當拍賣開始時，燈光架上那些射燈便會打開，發出令人眩目的光。燈光射到拍賣品上，會讓拍賣品特別是一些珠寶更加耀目，更加漂亮。

小嵐在舞台上踱來踱去，細心地觀察着那個燈光架，又皺着眉頭想了一陣子，忽然使勁地拍了一下手，興奮地說：「我知道竊賊是怎樣拿走權杖的了！不過，我還要驗證一下。我認為很可能答案就在上面那個燈光架上。」

小嵐走到舞台側，在牆上一排按扭前研究了一會兒，然後伸手按了其中一個按鈕。只見舞台上方的燈光架緩緩地下降了，降到快貼近拍賣台時，曉星突然喊了起來，並用手指着燈光架上一個地方：

「啊，停停停停停，那裏有東西！」

小嵐趕緊鬆開按鈕，讓燈光架不再下落。

「國王權杖！」三個人異口同聲驚叫起來。

千真萬確，警方忙來忙去，辛苦了多天，尋找無結果的國王權杖，正好好地附在燈光架的鐵條上。

曉星手快，用手去拿權杖，咦，怎麼拿不動，好像被黏住了。

「你應該這樣拿。」小嵐用了個巧勁，一下就把權杖拿下來了。

「這是什麼？」曉晴發現剛才黏住權杖的地方有一塊手機般大的鐵塊。

「那是一塊磁力強勁的磁鐵。」小嵐說。

「小嵐姐姐，到底是怎麼回事？」曉星驚訝地端詳着那枝國王權杖。

「正如警方所查到的，案犯是混進拍賣公司的工作人員。而根據剛剛的發現，可以判斷當時作案的人有兩個。他們是拍賣公司的人，所以知道國王權杖的構造。知道權杖的把是精鐵造成的，因此他們在拍賣前，利用工作之便，把一塊強力磁鐵固定在燈架、正對着拍賣台的地方。但因為燈光架太高，磁鐵的力度無法從這麼高的地方吸到放在拍賣台上的權杖，所

以，就由兩名作案者分工合作。作案者甲把燈光熄滅，而作案者乙就利用這短短六秒把燈光架往下降，降到一定距離，磁鐵發揮作用，把權杖從拍賣台上吸走，作案者乙又迅速把燈光架升回原位。這一上一下，六秒已經可以完成，而且作案者還可以迅速回到自己崗位，裝作什麼都沒發生過一樣……」小嵐講述得繪影繪聲的，恍如親眼見到竊賊作案一樣。

曉晴和曉星邊聽邊點頭，曉星興奮地說：

「小嵐姐姐真厲害，水平跟我差不多了。」

曉晴撇了撇嘴，說：

「嘁！你能跟小嵐比嗎？牛皮吹大了吧！」

曉星也沒管姐姐的嘲諷，只是興奮地拿着權杖：

「真沒想到啊，權杖竟然落到我們手裏。」

他突然想到了一個問題：

「這權杖怎麼處理？」

曉晴聽了皺着眉頭：

「難道要交回給漁次國警方？」

曉星把權杖緊緊抱在懷裏，好像生怕有人給搶走

似的：

「不可以！為什麼要交給漁次國警方？讓他們交還給那個強盜後代西門嗎？絕對不行！本來這權杖就是萬卡哥哥祖先的，被西門的祖上搶走了，西門本來應該無條件還給萬卡哥哥的，但他不但不歸還，還這樣貪婪，串通別人抬高拍賣價，想騙取更多金錢。他那個祖先不是好人，他本身也不是好人。所以，最好的做法，是把權杖帶回烏莎努爾，讓國寶回家。」

「說得好！」小嵐點點頭，表示認同。

曉晴表示很擔心：

「但是，我們怎麼帶回去呢？坐飛機要過安檢的，如果被查出來，漁次國警方會容許我們帶回去嗎？」

「得想個辦法。」小嵐想了好一會，說，「交給葛先生吧！葛先生是烏莎努爾人，是個愛國者，國寶由他保管，即使不能回國，也是留在自己人手裏。希望有一天，葛先生可以使用正常途徑，將國寶帶回家。」

「嗯，相信會有這一天的。」曉星和曉晴都同意小嵐意見。

當天下午，葛先生居住的別墅大門被人敲得砰砰響，一個八、九歲的小男孩手裏捧着一個封得嚴嚴密密的長方形盒子，對來開門的葛先生說，這是一個哥哥吩咐他交給葛先生的。葛先生問那哥哥叫什麼名字，小男孩說不知道，說完就把盒子交到葛先生手裏，撒腿「砰砰砰」跑掉了。

葛先生覺得很奇怪，他關上家門就進了書房，打開盒子。當他揭開一層層的包裝紙，看到裏面裹着的長形物體時，嚇得整個人跳了起來。

天哪，這是幻覺嗎？被竊賊偷走之後，警方遍尋不見的國王權杖，竟然出現在自己面前！是誰找到然後交給自己的？正義超人嗎？蜘蛛俠嗎？

葛先生匆匆地把盒子翻了一遍，找到一張小字條，上面用潦草的字寫着：

漁次國警察做不到的事，我們做到了。厲害嗎？國寶交您保管，爭取早日回家。

90

署名是：名偵探三人組

葛先生用手捂着激動得砰砰作響的心臟，轉身瘋了似的跑出書房，衝出家門。

但是，別墅門口靜悄悄的，人影都沒一個……

葛先生不知道，在離他家十幾米遠的地方，一個被長青藤葉子遮蔽了外面視線的小亭子裏，坐了三名少年男女。剛才送東西去他家的那個小男孩，開心地接過少年手裏一架模型小飛機，說了聲謝謝，然後高興地跑回家了。

少年拍拍手說：「不錯哦，一架小飛機的獎勵，就能讓這小朋友圓滿完成送遞任務。好啦，兩位姐姐，咱們也該回家囉！」

第九章

賽虹失蹤

放了幾天假，心有點散了，莫非這就是「假期綜合症」？

早上出門時，小嵐三個人都有點提不起勁。其中曉星尤其嚴重，一手提着書包，無精打采地走向送他們上學的那部藍色小轎車。

兩位姐姐已經坐到車上了，曉星最後一個上車，他像沒骨頭那樣攤在座椅上，長歎了一聲，嘟嘟囔囔地說：

「星期一，走向深淵；星期二，路漫漫；星期三，夜茫茫；星期四，曙光在望；星期五，歸心似箭；星期六，大玩特玩；星期天，最後的輝煌。」

「曉星，你胡說些什麼呀？上學好難為你嗎？好多落後國家的小朋友，想上學讀書都沒機會呢！」曉

晴履行姐姐的職責，教訓説。

「我不是不想上學讀書，而是老師講的東西我已經全懂了。每天坐在課堂裝作聽書好難受。唉，我幹嘛要這麼聰明呢？自古聖賢皆寂寞啊！」曉星長噓短歎的。

曉星的確很聰明，學習上總比別人超前，別人要在課堂上聽老師講解才懂的知識，他自己看一遍課本就懂了。本來老師問他要不要再跳一次級的，但他想跟小嵐姐姐、曉晴姐姐一個年級，所以拒絕了。

「你不要那麼驕傲好不好？你知不知道，你聽過『滿招損，謙受益』這句話嗎？」曉晴苦口婆心地繼續扮演好姐姐。

「姐姐，我發現你變老了。」曉星看了曉晴一眼，説。

「胡説！你姐我是超級無敵美少女，竟然説我老！信不信我打你！」曉晴勃然大怒，用手敲了曉星腦袋一下。

「又打我！姐姐就可以打人嗎？」曉星摸着腦

袋，委屈地說，「我不是說你長得老。姐姐你青春貌美、沉魚落雁、閉月羞花呢！我只是說你嘮嘮叨叨的，越來越像我們媽咪了。」

「那好吧，本小姐饒恕你了。啊，不對，你說我嘮叨，我哪裏嘮叨了……」

車子裏又是一陣雞飛狗跳，看得小嵐直搖頭。

正鬧着，已經到了學校大門口。門口好像發生了什麼事，只見有兩個中年男女，硬要闖進學校，但被兩名門衛攔住了，雙方正在僵持。

「什麼事？」小嵐走了過去，問道。

「公主殿下！」兩名門衛朝小嵐行禮。

其中一名門衛說：

「這兩位來找校長的，說女兒是這裏學生。但校長和老師都還沒上班，沒法核對他們女兒是不是這裏學生。所以我們沒讓他們進去。」

小嵐看向那一對中年男女，問道：

「叔叔阿姨，你們女兒叫什麼名字？」

阿姨大約四十多歲年紀，她臉色很差，兩個大大

的黑眼圈，看上去很憔悴，她說：

「我女兒叫賽虹。」

「賽虹？」小嵐對門衞說，「我認識他們女兒，的確是這裏學生。這樣吧，我先帶他們進去，等會兒校長來了，你們打個電話去董事長室告訴我，我帶他們去見校長。」

「是，公主殿下！」兩名門衞恭恭敬敬地應道。

萬卡是學校董事長，所以學校裏有他一間辦公室。他平時很少過來，一年裏只是開董事大會時過來一下，所以他把辦公室鑰匙交給了小嵐，讓小嵐中午如果不回嫣明苑時，就去那裏休息。

「叔叔阿姨，校長他們還沒上班呢！我帶你們進去，找個地方休息一下，等他們回來。」小嵐對賽虹父母說。

「好。謝謝這位同學。」賽虹父母異口同聲表示感謝。

小嵐把賽虹父母帶到董事長室，坐了下來。她給兩位家長倒了茶水，問道：

「叔叔阿姨，你們來找校長有什麼要緊事嗎？」

賽虹媽媽一聽便拉着小嵐的手，説了起來：

「這位好心的同學，請求你幫幫我們。虹虹在放假第一天和朋友去了宇海城天澄古鎮旅遊，説好昨天回來的。但昨天我們等了一天一夜，直到深夜還沒見女兒回來。我們兩口子一夜沒睡，生怕女兒出了什麼事，所以今天一早就來學校，請學校幫忙。」

啊，不會吧！小嵐聽了不禁愣了愣。烏莎努爾國內向來治安良好，很少有罪案發生，擄人綁架這麼大的案子就更少發生了。她馬上問道：

「跟賽虹一同去旅行的是女孩男孩？是我們學校的學生嗎？回來沒有？」

「虹虹跟我們説過一個名字，但我記不起來了，只記得是個女孩名字，也不知道是不是你們學校的學生。唉，都怪我們不上心。因為女兒一向很乖很聰明的，從來不用我們操心。她以前也試過自己跟朋友去旅行，都是平安回來，玩得挺好的，所以我們就大意了。」阿姨很自責，不禁哭了起來。

96

「阿姨別哭。」小嵐勸說着，又問道，「賽虹在旅行期間有打電話給你們嗎？她最後一次打電話給你們是什麼時候？」

「她基本上每天打一次電話給我們。最後一次電話是前天晚上，說是乘坐昨天下午的高鐵回來。昨天整個上午都沒再接到她電話，我們開始也沒在意，心想反正她晚上就到家了。但昨天一直沒見她回來，我們打電話給她，打了很多次，但都顯示電話關機，我們這才急了。」叔叔心情沉重地說。

小嵐聽了也覺得有問題，她想了想又問：

「她每次打電話回家，有發現她有什麼異常嗎？」

阿姨用紙巾擦着眼睛，很肯定地回答：

「沒有。每次打電話給我們，她都是很開心的樣子，說玩得很好。」

小嵐沉吟着，看賽虹這反應又不像會出什麼事呀？這事有點奇怪。

正在這時，辦公桌上的電話響了，原來是門衛打

來的。

「公主殿下，有個外校的叫寶琳的女孩來找賽虹同學，她一副很着急的樣子，讓她進來嗎？」

「麻煩你帶她來董事長室。」小嵐一聽，馬上吩咐道。

好了，來了個知情者，起碼能了解到賽虹一些信息了。

賽虹父母也很激動，他們坐不住了，跑出辦公室，等在電梯門口。一會兒，電梯叮一聲打開了，門衞和一個女孩走了出來。

阿姨撲了上去，拉住女孩：

「孩子，我是賽虹媽媽。是你和虹虹一塊去旅行的嗎？虹虹去哪了？」

女孩先是嚇了一跳，繼而眼睛一紅，掉下淚來：

「阿姨，賽虹在昨天早上失蹤了。」

「啊！」阿姨驚叫一聲，昏了過去。

「阿姨！阿姨！」

大家七手八腳把阿姨抬回董事長辦公室。小嵐會

些急救方法，她使勁去掐阿姨的人中，阿姨很快醒來了。

「虹虹，我的心肝寶貝啊！你究竟在哪裏呀？」阿姨痛哭起來。

小嵐蹲在阿姨跟前，不住地安慰着：

「阿姨，別哭了，我們都會幫你，賽虹會找到的。」

阿姨擦着眼淚，用滿含希望的眼睛看着小嵐：

「小妹妹，真的嗎？虹虹能找回來嗎？」

「能的。賽虹跟人無冤無仇，不會有人去殺她，所以她肯定還活着。」小嵐分析說。

曉晴在一旁說着她的猜測：

「糟糕，她會不會是被人綁架了？她長得漂亮，容易成為人販子的目標。」

「天哪，我的虹虹！要是人販子把你拐到山長水遠的地方，回不了家，那可怎麼辦呢！」阿姨聽了曉晴的話哭得更厲害了。

小嵐責怪地瞪了曉晴一眼，又安慰了阿姨幾句，

然後對叔叔說：

　　「得趕快報警。越早報警，找到賽虹的可能性越大。」

　　「好好好！」叔叔心慌意亂地拿出電話。

第十章

公主去破案

　　校長和老師們剛回到學校，首都警察局刑偵隊的人也接着到了。來了兩個人——三十多歲的金鍾探長和他的助手左敦探員。有關人在校長的會客室裏，分別聽寶琳和賽虹父母講述了情況。

　　寶琳回憶說：「我和賽虹是十九號，即公眾假期的第二天去到宇海城天澄古鎮的。天澄古鎮民風純樸，當地人對遊客都十分熱情友好，所以我們是玩得很開心的，對周圍的環境和人根本沒有一絲一毫的戒心。十九號下午和二十號一整天，我和賽虹都在古鎮遊玩，參觀了好幾個古雅的村莊，拍了很多古色古香的建築物，買了一大堆小手工藝品，還到一家提供古代服裝的照相館，化妝成古代人拍了很多照片。賽虹長得漂亮，身材又好，穿上古代服裝時就像一個活生

生的古代少女站在面前，拍的相片更是讓店老闆嘖嘖稱讚、愛不釋手，還問賽虹可不可以讓他選一張，放大了放門口櫥窗。賽虹答應了。」

金鍾探長聽到這裏，問道：

「老闆後來有把照片放在門口嗎？」

「有啊！店老闆顯然很滿意那張照片，等我們轉了一圈再次經過照相館時，發現相片已經被放大，擺進櫥窗了。」寶琳又繼續說下去，「二十號晚我們十點多就休息了，因為第二天一早就要離開旅店趕往高鐵站，搭上午九點多的火車回來。」寶琳說到這裏，臉色變得很凝重，「我們住宿的地方是天澄鎮一間名叫『櫻花』的旅店，租了一間雙人房，房間裏有兩張單人牀，我跟賽虹一人睡一張。因為白天走累了，我一躺上牀，很快就睡着了。不知過了多長時間，我被房間裏的聲響吵醒了，迷迷糊糊地見到賽虹起牀穿衣服，便問她幹什麼，賽虹含糊應了一句，我沒聽清，轉身又睡着了，一直到天亮才醒。起來後，我發現賽虹不在房間，我開始還以為她出去散步，很快會

回來，但等啊等，等到快到出發時間了，還沒見她回來。我急了，趕快撥她電話，但卻一直打不通。我急死了，再不走就趕不上火車了，便跑出去問樓下服務台，說了一遍賽虹的樣貌特徵，問有沒有見過她出去。有個下了夜班正要離開的旅店女員工，聽了我的描述之後說見過賽虹。這位女員工告訴我，她昨夜十一點四十五分回到旅店，進來時剛好碰見賽虹走出旅店，但沒留意賽虹去了哪裏。」

寶琳歎了一口氣，繼續說：

「聽完女員工的話，我拚命想賽虹有可能去了哪兒，但想來想去全沒頭緒。因為我知道賽虹並不認識天澄鎮的人，不可能去找朋友了；我也知道賽虹並非是一個不靠譜的人，不會自個兒跑出去玩，連坐高鐵回家的事都忘了。我只能焦急地站在旅店門口等着，希望見到賽虹出現，可惜一直都沒看到她蹤影。沒辦法，我只好打電話到宇海城警察局報了警。」

這時，金鍾探長插了一句：「警方有幫助尋人嗎？」

「有。」寶琳點點頭說，「他們是很重視這件事的。他們向火車站、機場，以及全城的所有警察分局發出通知，要求協助查找賽虹蹤跡。火車站及機場的警察分局很快回覆，並沒有一個叫賽虹的女孩乘坐他們的交通工具離開，而直到昨晚零時為止，也沒有收到其他任何警局有關賽虹的消息。我沒賽虹家的電話號碼，生怕伯父伯母着急，所以就先回來找他們說明情況。」

「虹虹呀，你究竟去了哪裏呀？」賽虹的媽媽聽完又痛哭起來。

賽虹爸爸一臉愁容，聲音哽咽着安慰賽虹媽媽。

校長眉頭皺得緊緊的，學生出了事，他很焦急。他對正在沉思的金鍾說：

「金探長，你可以去一趟宇海城，幫助找賽虹同學嗎？」

「我正有這打算。雖然不是發生在我們本地的案子，但失蹤的是我們這裏的人，所以我們可以『異地辦案』去協助查案的。」金鍾爽快地答應了。

校長大喜，握着金鍾的手不住地搖晃，嘴裏連聲說「謝謝」。

　　賽虹的父母聽了，也感激地對金鍾表示感謝。賽虹爸爸雙手合十，嘴裏不住地說：「拜託，拜託，拜託了。」

　　曉星悄悄對小嵐說：

　　「小嵐姐姐，我也去幫忙好不好。」

　　小嵐想了想，曉星的貓鼻子，很可能對這失蹤案有幫助呢！但她不放心曉星一個人跟着去，怕他像一匹脫韁的野馬那樣，金鍾一定管不住他。所以她決定自己也跟着去，因為她也很想出點力，為那對可憐的父母找回女兒。於是，她對金鍾說：「金探長，我和曉星跟你一塊兒去吧！」

　　金鍾本來對偵破這件異地人口失蹤案感到信心不足，一來對宇海城環境不熟悉，二來能依據的線索又太少。聽到小嵐能一起去，他非常高興，馬上說：

　　「公主殿下能幫忙，那太好了。」

　　作為一名刑事偵探，金鍾曾經研究過小嵐經手偵

破的所有案子，知道這女孩子頭腦靈活、聰明過人，所以對她能一起去宇海城感到很興奮，信心也足了。

小嵐轉頭對校長說：

「校長，能批我們幾天假嗎？」

校長聽了稍為猶豫了一下，生怕小嵐和曉星因此耽誤了學習。但想想這兩個學生都絕頂聰明，自學能力又很強，少上幾天課應沒什麼影響，於是便同意了。

「耶，謝謝校長！」曉星高興得跳了起來。

其實這貪嘴的小孩是有私心的，因為他早就聽說宇海城有很多特色美食，到時破案第一，品嘗美食第二，破案、吃美食兩不誤，嘻嘻！

曉晴在一旁不樂意了，她扯了扯小嵐的衣袖，說：

「曉星能去，我為什麼不能？我也要去。」

「姐姐，破案很辛苦的，吃沒時間吃，睡沒時間睡，更談不上有時間扮靚靚了，你還是別參與了。」曉星苦口婆心地勸着。

其實他小心眼是怕姐姐去了，他就別想痛痛快快地大吃大喝了。

「別唬我，你姐我去定了。」曉晴小人精一個，怎會被他忽悠了。

小嵐一言定音，對曉晴說：

「你去能幫上什麼忙？反而留下來，還能幫我們抄筆記呢！我們這幾天缺的課，就靠你了。」

「哦。」曉晴想想也對，也就無奈地答應了，「不過，你們得買些好玩的東西回來送我。」

宇海城是一個有着許多年歷史的古老城市，而天澄古鎮更是古城中最美麗的一個小鎮，聽說裏面有很多出售特色小工藝品的商店，包括各類掛飾、頭飾、擺設等等，這些都是曉晴喜歡的東西啊！

曉星得了便宜趕緊賣乖，小嵐姐姐這次可是帶自己不帶曉晴姐姐去哦。他拍拍胸膛：

「沒問題，姐姐，我替你買。」

「別別別，你們男孩子哪懂女孩的喜好。」曉晴哼了一聲，又扭着身子對小嵐說，「小嵐，我要你給

我買。」

小嵐沒好氣地撇了好朋友一眼。這傢伙，又撒嬌了。

曉星表現出從未有過的乖巧，馬上表態說：「好，小嵐姐姐負責給你買，我負責做苦力，替你扛回來。」

「別以為拍拍馬屁，我就會縱容你。」曉晴瞪弟弟一眼，對小嵐說，「小嵐，你幫我盯死這臭小孩，別讓他垃圾桶一樣，什麼都往嘴裏扔。」

小嵐點點頭：「放心吧，我會一天三餐看緊他的。」

「嗚嗚嗚，不要，不要……」曉星只能假哭博可憐了。

只是兩個姐姐都識穿了他的詭計，一齊投去鄙視的目光。

第十一章

古城追蹤

　　小嵐和曉星，還有金鍾和左敦，一行四人乘坐高鐵，約四十分鐘後到達宇海城。

　　宇海城氣候溫和、四季如春，空氣也非常清新，給人十分舒適的感覺。城裏那些古色古香的建築和街道，又格外讓人賞心悅目。總的來說，這是一個印象很好的美麗城市。只是，沒想到就在這樣一個風光明媚的小城裏，竟然發生了一件令人震驚的少女失蹤案，未免太令人遺憾。

　　一行四人直接去了宇海警察局，因為公主殿下來了，所以警察局的正、副局長都來接待。到會客室坐下，宇海警察局局長藍田首先發言，歡迎詞之後，就是表示歉意，因為畢竟人是在他們管轄範圍內不見了的。

小嵐表示諒解之後，單刀直入地問道：

「我想知道，直到這一刻案子的進展。」

藍田看了看副局長尤塘一眼，説：

「你是直接指揮這件案子的，就由你來向公主殿下匯報吧。」

尤塘點點頭，然後打開了放在面前的一份文件説：

「公主殿下，自從昨天上午接到寶琳同學的報案之後，我們就馬上通知各分局，留意賽虹同學的蹤跡，並重點要求機場和火車站，查查有沒有賽虹的乘搭紀錄。還有要求案發時賽虹住宿的旅店所屬的天澄警察分局，出動警力尋找失蹤者。機場、火車站很快回饋了訊息，證實失蹤者並未乘搭有關交通工具離開。」

小嵐點點頭，説：

「那所屬分局又查到了些什麼？」

「據天澄分局今天中午報來的偵查報告，他們根據寶琳提供的信息，賽虹性格開朗、陽光，所以首先

排除了自殺的可能性。另外，賽虹為人善良，而且還只是個年少的學生，所以也排除了仇殺的可能，最後就只能往她自己離開，以及被綁架離開這兩個方向去查。針對這兩個可能性，天澄分局做了兩件事。第一，調來天澄古鎮通往外面的車道卡口的監控錄影片段，檢查案發之後離開古鎮的所有車輛，結果，並未發現車輛裏有賽虹的身影。因此，他們認為賽虹應仍在古鎮裏。第二件事⋯⋯」

「等等。」小嵐打斷了尤塘的話，說，「賽虹有沒有可能是步行離開的？」

尤塘說：「應該不會。因為天澄古鎮距離下一個小鎮有很遠的路，靠步行要花很長時間，沒有人會這樣做的。」

小嵐又問：「那有沒有可能，她走了一小段路，再在中途截停車輛？」

「我們也有考慮這點，所以檢查了由天澄卡口到高速公路入口的沿途監控錄影片段，但沒有發現。而上了高速公路之後，就沒可能中途停車了。」尤塘解

釋說。

小嵐點點頭，表示認同尤塘的判斷。

「天澄分局做的第二件事就是，考慮到賽虹可能是因為某些原因仍留在古鎮裏，所以在昨天晚上把古鎮的大小酒店、民宿查找了一遍，希望找到賽虹新的落腳點，但並沒有任何發現。根據種種跡象，賽虹被綁架的可能性最大。」尤塘說到這裏，無奈地攤攤手，說，「到現時為止，案子仍未有進展。但天澄分局現時仍在努力，他們把人手分散到各個地段，通過明查暗訪，繼續查找失蹤者下落。但如果再查不到線索，就只能等綁匪自己露出馬腳了。」

藍田說：「如果賽虹真是被綁架，綁匪無非兩個目的，一是要贖金，二是把人偷出境，作人口買賣。早兩年也有過一宗年輕女子被拐賣到國外的個案。」

小嵐聽到這裏，知道地方警局已是盡力去破案，便說：

「謝謝你們為尋找賽虹所做的一切，希望很快有新的線索出現。」

她又看了看金鍾，問道：

「金探長有什麼要了解的？」

金鍾搖搖頭，回答說：

「沒有，剛才尤副局長已經介紹得很詳細了。接下來，我想去賽虹失蹤前住過的房間看看。」

小嵐說：「好。我也這樣想。」

藍田有點抱歉地對小嵐說：

「公主殿下，不好意思，接下來我有事要辦，就讓尤塘帶你們去現場吧！」

小嵐笑着說：「沒問題，你忙你的。」

尤塘馬上給天澄分局打了個電話，讓他們派人在旅店門口等候，然後就帶着小嵐他們出發了。

宇海是個小城市，而宇海警察局就在天澄古鎮附近，開車不到十分鐘就到了。不愧是個古鎮，建築全都古色古香的，恍如到了千年前的世界。街上的行人很是悠閒，一點沒有大城市人腳步匆匆的情況出現。

小嵐還注意到，當地人都很有禮貌，見到一些像是遊客的人，還報以微笑。曉星問道：

「這裏的人看上去都很好很善良啊，應該很少罪案發生吧？」

「是的。這裏本來就民風純樸，再加上因為是旅遊熱點，居民不愁找不到工作做，而且報酬還很豐厚。所以很多年都極少有人犯案，連小偷都少見。偶然有犯案的，都是偷渡入境的外國人。」尤塘答道。

這時已經到了賽虹之前住過的「櫻花」旅店，車子剛在門口停下，便見到有一名穿警官服的年輕人迎了上來。他首先朝尤塘敬了個禮，說：「尤塘局長您好！我是天澄分局刑偵隊長泰古。」

「噢，是泰古呀！」尤塘顯然是認識這名警官的，他還了個禮，然後把那名警官介紹給小嵐等人，「泰古是天澄分局刑偵隊長，破案很有經驗。」

接着尤塘又把小嵐等人介紹給泰古。為了安全起見，他沒有洩露小嵐的公主身分，只是籠統地把小嵐和曉星都介紹是首都警察局的人了。

泰古見到小嵐和曉星年紀這麼小的探員，未免有點奇怪，但出於紀律部隊的自覺性和服從性，也沒表

示什麼。

泰古從身上掏出一串鑰匙，然後對尤塘等人說：「請跟我來。」

櫻花旅店是一幢四層高的小樓，沒有電梯，所以全部人跟在泰古後面拾級而上，賽虹失蹤時就住在這幢小樓三樓的一個雙人房間。

泰古一邊上樓一邊說：

「案發後我們已把房間勘查過，暫沒發現有價值的線索。之後我們一直鎖着，沒有讓旅店安排旅客入住。」

上到三樓，泰古在一個房間門口站住了：

「失蹤者住的就是這個房間。」

他用鑰匙打開房門，帶頭走了進去。

這是一間比較簡陋的房間，一進門右手邊是浴室兼洗手間，走進去看見兩張單人牀，一張靠着左邊牆，一張靠着右邊牆。

兩張牀的中間有一套桌椅——兩張木椅子，椅子中間有張圓形的桌子。桌子上放着水壺和茶杯。

泰古指指靠右手邊的那張牀，説：

「這就是賽虹睡的牀。」

金鍾和左敦一進去，就很熟練地按警方查案程序，把房間裏的方方面面都看了一遍，該記錄的記錄，該拍照的拍照。

小嵐就似漫無目的地這裏看看，那裏看看。房間裏一切都很正常，沒有任何異樣，小嵐心想，一個乖乖女生，都已經睡下了，為什麼還要出去，而且一去不回。看來九成是在外面被綁架了。

這時金鍾從賽虹牀上拎起一根鬈曲的帶點褐色的長頭髮：

「這是失蹤者的頭髮嗎？」

泰古看了看，點頭説：

「是的。我們取證時也拿了一根回去，經過鑒定，的確是屬於賽虹的。」

金鍾聽了，拿了一個證物袋出來，把那根頭髮放了進去。萬一在天澄古鎮找不到賽虹下落，就要在全國範圍內尋人了，所以有必要替總局搜集一些賽虹的

DNA信息。

看完卧室，金鍾招呼左敦一起進了浴室。泰古也跟着走了進去。

小嵐等他們都進了浴室，便小聲對身邊的曉星說：

「你熟悉一下賽虹的氣味。」

「嗯。」曉星站在賽虹牀邊，彎下腰，使勁嗅了幾嗅。

賽虹睡過的牀上被子散亂着，顯然案發後為了保護現場，沒有讓人收拾過。小嵐發現白色的枕頭上還有一根鬈曲的長頭髮，便伸手悄悄拎起，用紙巾包好放進口袋裏。

這時金鍾和左敦也看完了，拍完了，但並沒有什麼新的發現。金鍾看看小嵐，小嵐會意，說：「那我們走吧。」

於是一行人離開了櫻花旅店。

站在門口，小嵐對尤塘說：

「尤局長，我想在附近走走，看能不能發現些什

麼。」

「好的。」尤塘説完又有些抱歉的對小嵐説，「不過對不起，等會局裏有個其他案子的案情分析會要開，我要先回局裏了。」

小嵐微笑着點點頭，對尤塘説：

「沒關係，尤局長你事忙。謝謝你百忙中陪我們。」

「謝謝體諒。」尤塘轉頭對泰古説，「泰古，你留下來陪客人。我把車和司機都留下來，想去哪裏，吩咐司機就行。有什麼需要協助的，隨時找我。」

「是，局長。」泰古又説，「您不用留下車，我是開車來的，可以送客人到任何地方。車子就停在那裏。」

泰古指指不遠處的一輛車。

「那好，我先走了。」尤塘説完，跟大家道了再見，就離開了。

第十二章

這個女孩好臉熟

　　曉星鬼鬼祟祟地四處張望一下，然後悄悄地告訴小嵐：

　　「小嵐姐姐，我已經嗅到了微弱的賽虹的氣味。賽虹走出櫻花旅店後應該往那邊去了。得趕快追蹤，否則時間拖得越長，氣味會越稀薄。」

　　曉星指指旅店門口靠左一條大街。

　　小嵐聽了很高興，點點頭：

　　「好。我們得先撇開其他人。」

　　曉星有個貓鼻子的事，還是別讓別人知道好，免得傳到科學家們耳裏，把他弄到實驗室當小白鼠一樣研究。

　　小嵐看着金鍾，説道：

　　「金探長，我和曉星去那邊小店買點東西，你們

可以坐車上等我們。」

「行。我們去車上等。」金鍾點點頭，又指着靠左那條大街說，「那條街的盡頭就有好多商店。」

「好，謝謝！」小嵐拉着曉星，朝左手邊那條大街走去。這條大街很寬，車子也可以行駛，但因為不是交通要道，所以有點僻靜，人和車都並不多。

大街的兩邊，一邊是樹，另一邊是用磚瓦砌的、有着統一圖案的圍牆。從圖案的鏤空處望進去，發現裏面是一個很漂亮的別墅區，種滿了一排排法國梧桐，豎立着一幢幢兩層的小別墅。

沿着大街走了五、六分鐘，便是圍牆的盡頭，再往前走，是一個停車場。曉星抽了抽鼻子，然後走進了停車場裏。小嵐心想，咦，莫非賽虹被藏在一輛車子裏？

曉星走着走着，停了下來。那裏空了一塊，並沒有停泊車輛。曉星在空地裏使勁嗅着，又在空地的四邊走了一遍，對小嵐說：「賽虹的氣味在這裏斷了。我想只有一個可能，就是她在這裏上了一輛車。」

「這裏不知道有沒有安裝監控攝錄鏡頭？」小嵐

四處張望了一下，「按道理停車場都會安裝的，因為防止有人偷車。等會兒讓泰古出面向停車場管理處要來攝錄資料，那就知道賽虹來停車場幹什麼了。」

她對曉星說：「你打個電話，叫金鍾他們馬上來這裏。」

曉星從背囊裏掏手機，又叮囑了一句，說：

「好的。別告訴他們是我嗅到的！」

小嵐拍了他一下：「知道了，囉嗦！」

「嘻嘻。」曉星嘻皮笑臉的。

曉星打了電話，幾分鐘後，金鍾和左敦、泰古就跑來了，三個人都跑得氣喘吁吁的。

「聽、聽說發現線索了……是不是？」金鍾喘着氣問道。

「是的。」小嵐拿着之前從賽虹牀上找到的頭髮說，「我們在這裏發現了一根屬於失蹤者的頭髮。」

為免暴露曉星的貓鼻子，小嵐只能用這頭髮說事了。

泰古仔細看了看頭髮，然後點點頭：

「從色澤及鬈曲程度，的確像是賽虹的頭髮。我們可以送回局裏再檢驗，確認一下。也奇怪，三更半夜的，賽虹跑來停車場幹什麼呢？」

「如果能調取停車場監控攝影紀錄，那就什麼都清楚了。」小嵐說，「賽虹不會無緣無故走進停車場，既然來了，只能是因為要坐車。我剛打過電話給寶琳，寶琳說賽虹是不會開車的，所以賽虹肯定是上了別人的車。看監控紀錄，就可以證實這點，還可以知道她是自願離開的，還是被迫離開的，和她一起離開的人是誰，去了那裏，這就能追查到真相了。」

金鍾眼睛嗖地亮了，他興奮地插了一句：

「對對對，咱們馬上看監控影片！」

泰古無奈地笑了笑，搖搖頭說：

「案發後，我們都想通過調取旅店附近的監控影片，了解賽虹去向。可惜的是，這一片都是新發展區域，這條大街，包括停車場，都還沒有安裝監控攝錄鏡頭呢！」

「啊！」這也太巧了吧！眾人都感到挺失望的。

眼看馬上可以知道真相了，卻又……

小嵐也有點失望，但她並沒有洩氣：

「不要緊，現在起碼有了進展，知道賽虹來過這裏，而且很可能是在這裏坐車離開了。」

泰古説：「離開古鎮的路都設有卡口，卡口都有裝監控攝錄鏡頭。只是，我們之前已調取監控畫面，播放檢查，但並沒有發現出鎮的車輛裏面有賽虹。」

小嵐問道：「你們檢查了哪些時段？你們是通過什麼斷定車輛沒有嫌疑的？」

泰古回憶了一下，回答説：

「賽虹離開旅店的時間是晚上十一點四十五分剛過，而報警的寶琳，是在第二天大約七點起牀時發現賽虹不在的，打賽虹電話也打不通。我們將這個時間段再延伸了一下，查找了二十號晚上十一點四十五分到二十一號上午十一點四十五分，十二個小時內所有經過兩條路交通卡口的車輛，共五百多輛車的攝錄片段調了出來，逐一查看，沒發現有失蹤者在車內。經多方面了解車主信息，基本上可以推斷他們沒有作案嫌疑。」

小嵐搖搖頭說：

「不行，賽虹失蹤之後的影片都得查看。或者劫匪暫時藏了起來，然後再找合適機會離開呢。」

泰古愣了愣，若有所思。站在他旁邊的左敦有點不理解：

「如果賽虹被人劫持的話，劫匪不是應該第一時間帶着人離開的嗎？案發的地方肯定會成為警方重點關注地點呀！」

「不。」小嵐搖搖頭說，「有一句話叫『最危險的地方就是最安全的地方』，如果劫匪猜到警方想法的話，那他會不會先把人藏起來，等風頭過去了，再帶人離開？」

左敦呆了呆，然後一拍腦袋，說：

「哦，我明白了！」

泰古早明白了小嵐的思路，他對小嵐說：

「你說得對！我馬上通知局裏同事去調取其他時段的影片。那我們馬上回分局。」

小嵐說：「好啊，現在就回去！」

說完，她帶頭返回小旅店，車子停在那裏呢！

金鍾對左敦示意：「跟上！」

「是！」左敦應了一聲。

金鍾和左敦兩人跟在小嵐後面。

泰古撓撓頭，跟在兩人後面。從見到這幾名從首都來的警探第一眼，他就覺得有點奇怪。一開始覺得，怎麼有兩個這麼小的探員呀？中學生似的。後來又總感覺金鍾這位探長很聽那小女孩的話，彷彿上級似的。剛剛聽了小嵐一番話，又覺得這小女孩小小年紀怎麼就像個資深偵探，對案情分析得那麼透徹和精闢。

還有，他總覺得這小女孩有點臉熟，好像在哪裏見過，但又想不起來。

小嵐以公主身分出席公開活動前，都有一大堆人圍着給她打扮一個多小時，化妝師、服裝師、髮型師……打扮一番，隆重出場，所以當她平日簡約打扮時，形象跟出席活動時大不相同。除了平時經常接觸的家人朋友，或者同學，其他人都很難把她認出來。如果泰古知道小嵐就是那位大名鼎鼎的國民公主的

127

話，就不會那麼疑惑了。誰不知道小嵐公主破過許多案子啊！

不過，泰古很快就將疑惑拋開了，心思又回到破案上。小女偵探說得很對呀，眼下最重要的是趕緊擴大排查範圍，看看能不能找到有用線索。

回到天澄分局。泰古帶着一行人徑直上了四樓一間會議室。泰古看看手錶，說：「噢，已經十二點多了，不如我們先去吃飯好不好？反正也要等同事取回影片資料。」

「好啊好啊！」說到「吃」曉星就格外興奮，眼睛都發着光。

小嵐看了金鍾一眼，說：「也好。不過就不要出去吃了，叫外賣吧！不會耽誤時間。」

金鍾點了點頭：「是。」

泰古打電話叫人拿了幾張外賣紙過來。

「我看看，我看看。」曉星馬上湊過去，盯着外賣紙上那些食物圖片，兩隻眼睛裏像伸出兩隻鈎子，要把那些食物勾出來。

「麥當當，香香雞，圓碌碌壽司……我想吃香香雞！」曉星舉着一張外賣紙叫道。

小嵐以手扶額，沒眼看，這吃貨，人家不知道還以為他一向被虐待，不給飽飯吃呢！

「好，那我們就都吃香香雞吧！」

不知道是不是警察局叫外賣送得特別快，反正不到十分鐘，幾個家庭裝香香雞桶就送到了。

快把外賣消滅光的時候，小嵐才想起曉晴的叮囑，但已經太晚了，曉星那傢伙的肚子早裝滿了雞塊，脹鼓鼓的，走路都快走不動了。

小嵐暗暗歎氣，曉晴，我對不起你啊！

時間剛剛好。大家剛把會議桌上的外賣盒子收攏好放進垃圾桶，就見到一名高大的年輕人捧着一部手提電腦進來了，他朝泰古敬了個禮，說：「隊長，你要的東西拿回來了。」

他把手提電腦放在會議桌上，打開：「這就是賽虹失蹤案發生後，二十一號上午十一點三十分至現在，準確點説，是至半小時前，出鎮的道路卡口的監

控影片。」

泰古點點頭，命令道：「把電腦連接大屏幕。」

「是！」年輕人找來了遙控器，一按落下牆上屏幕，又把屏幕跟電腦連接上。

「辛苦了。去吃飯吧！」泰古拍了拍年輕人肩膀，讓他離開了。

泰古按了開始，清晰的畫面上出現了天澄小鎮道路卡口，角度剛好能夠看清楚等待出閘的那輛車子。

所有人都盯着大屏幕，不放過任何一輛車子。

時間在慢慢過去了，半小時、一小時⋯⋯影片上各式各樣的車子一輛接一輛地走過，影片拍得很清晰，司機、前坐乘客、後座乘客都拍到了，但是都沒有看到賽虹的臉孔。

繼續看。他們採用的是快進模式，所以兩個多小時後就已經看了十二個小時的影片了。不過，暫時還沒有什麼發現，但眼睛已經很累了。

這時，有人敲門。剛才送資料來的高大年輕人急急地走了進來，他擦擦頭上的汗，喘着氣對泰古說：

「隊長，卡口剛通知我們，他們給我們的資料多了一天，把十九號晚上十一點四十五分至二十號晚上十一點四十五分的資料也一併給我們了。」

「啊，怎麼搞的！那我們剛才一直看的，是賽虹還沒失蹤時的視頻？」泰古一聽好生氣，正想說些什麼，這時候卻聽到曉星一聲驚呼。

「有情況！有情況！」只見曉星用手指着牆上的大屏幕，激動得滿臉通紅。

「啊，怎麼是她？！」小嵐眼睛睜得大大的。

「誰？賽虹嗎？」其他人緊張地往電腦畫面看。

只見畫面有一輛藍色寶馬車，前座坐了兩個人，司機是個男的，旁邊坐了個年輕女孩……

咦，這女孩並不是賽虹啊！金鍾一臉狐疑地看了看小嵐和曉星，不知他們在激動些什麼。

曉星看看畫面上的雅兒公主，又看看小嵐，說：

「難道跟她有關？」

小嵐點點頭：「值得懷疑。」

小嵐這時看了看寶馬車出現在閘口的時間，是

二十號上午十一點零五分。即是賽虹失蹤前約十二、三個小時。

另外的三個人都有點摸不着頭腦，不知他們倆在打什麼啞謎。左敦實在忍不住了，他問道：

「請問，這位是誰呀？」

曉星回答說：「她是黃湖國的雅兒公主。」

金鍾愣了愣，更加疑惑了，黃湖國的公主，跟賽虹失蹤有什麼關係呢？而且，這時間段賽虹還沒有失蹤，跟她的朋友寶琳在逛古鎮呢！

小嵐說：「雅兒公主跟賽虹有過節，賽虹的失蹤可能跟她有關……」

「我來說我來說！前不久我們學校發生過一宗失竊案，錯綜複雜的，那個難呀，嘖嘖！案子後來被我破了，嘖嘖，後來全校同學都佩服我……」曉星開始繪聲繪色地講了紅舞鞋失蹤案，當然，重點是放在宣揚自己怎麼厲害怎麼厲害。

「曉星真了不起！」金鍾聽完，馬上給了曉星期待中的讚揚，然後說，「賽虹跟雅兒公主有矛盾，而

雅兒公主又曾經出現在賽虹失蹤的地方，這位雅兒公主有作案動機，也有作案時間啊！」

金鍾說完，興奮地拍了拍手，終於看到了破案的一絲希望了。

送資料的年輕人本來已經作好了捱罵的準備了，雖然不是他的錯，但有句話叫「城門失火，殃及池魚」啊，沒準也被隊長抓住好一通教訓。沒想到柳暗花明又一村，卻因為這個錯誤找到了一條重大線索。年輕人忍不住掩嘴偷偷地笑。

「傻笑什麼？我也不追究卡口的錯了，你回去做事吧！」泰古大量地拍了拍年輕人的肩膀。

「是，隊長！」年輕人朝泰古敬了個禮，趕緊跑了。

大家再把剩下的影片看完，但再也沒發現什麼新線索。不過，發現雅兒這條線索已經很鼓舞人心了。

泰古提出自己想法，他說：

「因為案件牽涉到境外人士，而且還是皇室人員，所以，我想一起去警局，跟兩位局長匯報一下，

看怎樣處理這件事。」

小嵐表示沒有意見，於是一行人去了宇海警察局。路上泰古打電話給尤塘，但尤塘跟藍田局長都在開會，局長秘書接的電話。泰古簡單地說了一句：「請告訴兩位局長，賽虹失蹤案有新線索，我們現在正在去宇海警察局的路上。」

一行人去到宇海警察局，在接待室剛坐下，就聽到門外響起一把大嗓門：

「泰古泰古，聽說案子有線索了！」

接着看到尤塘匆匆走進來。

尤塘見到小嵐，才想起自己太魯莽了，應該先給公主問好啊！便又急忙對小嵐說：

「見過公主殿下！公主殿下辛苦了！」

小嵐笑笑，對尤塘說：

「不辛苦。局長請坐。」

泰古在一旁聽了，心裏一愣，什麼，公主？！他終於知道為什麼覺得小嵐臉熟了。原來她就是傳說中聰明睿智、屢破奇案的小嵐公主！

這時藍田也進來了，他神情也十分激動，跟小嵐問好後，他便急急地説：

「秘書説案子有新突破，我想知道具體情況。」

泰古禮貌地請小嵐先説，小嵐見到在旁邊躍躍欲試的曉星，就説：

「曉星，就由你跟兩位局長匯報吧。」

「是！」曉星神氣地挺了挺胸脯，大聲應道。

「局長叔叔，是這樣的。我們今天經過看監控影片，在二十號中午十一點零五分出鎮的車子裏，發現了一名嫌疑人……」曉星劈里啪啦、嗚哩哇啦，手舞足蹈，以姿勢助説話，把一切説給藍田和尤塘聽。

「你們發現的嫌疑人，是黃湖國的雅兒公主？」尤塘的眉頭皺得可以夾死隻蚊子。

沒錯，根據之前的紅舞鞋失竊案，這位雅兒公主絕對有嫌疑。但是一不小心，這很容易引起國際糾紛啊！

你能像對待其他嫌疑人一樣，把公主帶回警察局協助調查嗎？不能！

你能按照一般問話形式，盤問公主你幾號幾點在什麼地方、有沒有不在場證據嗎？太難！

何況這位公主聽起來很刁蠻的啊！她拒絕回答怎麼辦？她發小脾氣怎麼辦？她哭着喊着要找國王老爸告狀怎麼辦？

唉，反正公主就像個燙手紅薯，扔不能扔，拿着又燙手。真是煩人啊！

幸好這時，眼前一位不但不刁蠻而且善解人意的公主開腔了，小嵐對發愁的局長說：

「這事，交給我！」

「啊！」兩位局長大喜過望，異口同聲地向小嵐道謝：「謝謝公主殿下幫忙！」

智慧公主挑戰刁蠻公主，大家堅信勝利一定屬於智慧公主！

小嵐和曉星準備馬上回首都，而金鍾和左敦就暫時留在天澄，繼續和天澄分局警方一起查找賽虹蹤跡。

不能把希望都放在雅兒公主那裏，賽虹的失蹤也有可能跟她一點關係也沒有呢！

第十三章

雅兒公主你隱瞞了什麼

　　早上，又是上學時間。小嵐和曉晴、曉星背着書包，向專門接送他們上學放學的車子走去。曉星一邊走一邊催促落後了十多步的曉晴：

　　「姐姐，快點快點，拖拖拉拉的幹什麼！」

　　曉晴怒道：「臭小孩，不想想你拖拉的時候。你這是徹頭徹尾的『一時不偷雞就做鄉長』！」

　　見到姐姐伸手要打他的樣子，曉星嚇得嗖的一聲上了小車前座，又急忙關上了門。

　　車子開動了，曉星忍不住回頭問：

　　「曉晴姐姐，你剛才說『一時不偷雞就做鄉長』，什麼偷雞什麼做鄉長，我什麼時候偷過雞了？」

　　曉晴白了他一眼，說：

「你不是很厲害的嗎？連這都不懂！這是廣東的一句俗語，意思就是『經常做壞事的人，有一天不做壞事了就扮好人』。」

「姐姐，你好過分！怎麼這樣說我呢？嗚嗚嗚……」曉星裝哭，被姐姐說是壞人，自己好可憐。

好可惜，沒人理他，也沒人安慰他。小嵐看着車外掠過的風景在沉思，曉晴拿着小鏡子左看右看在扮靚。幸虧曉星是個很會自我安慰的小孩，他給自己說了句「寶寶不哭，寶寶很堅強」，然後腦袋就想到另一件事了：

「小嵐姐姐，我們回學校就找雅兒公主嗎？」

昨天他們從宇海城回來，已經很晚了，所以即使很擔心賽虹的安危，事情也只能留待今天處理。

小嵐把目光從窗外轉了回來，說：

「回去先找校長匯報一下情況，然後讓校長把雅兒叫去校長室。我們一起跟她談。」

「噢，收到！」曉星興奮地說。他彷彿看到了雅兒公主在他字字鏗鏘、義正詞嚴的盤問中承認了罪

行，聽到獲救的賽虹淚流滿臉地向他說着感激的話，看到校長拿着一面寫着「偵探小王子」的錦旗頒發給他，他伸手去拿，卻抓了個空。

坐在旁邊開車的小胖司機見到他那奇怪的動作，問道：

「星少爺，你幹嘛？」

「抓蚊子。」曉星趕緊掩飾地又伸手抓了幾下。

小胖司機狐疑地抬頭張望：

「有蚊子嗎？我等會兒買瓶驅蚊水噴一噴。」

曉晴昨晚已經聽過他們說在天澄小鎮查到的線索，這時把粉盒放進書包裏，一邊說：

「依我看，這事九成是雅兒公主幹的。她之前算計賽虹不成，因此被學校處分，冠軍還被賽虹拿了，她心裏一定把賽虹恨死了，不想再見到她。所以，她知道賽虹去天澄小鎮旅遊，或者無意中在天澄小鎮碰到賽虹，就把她綁架了，把她賣去別的國家，賣得遠遠的，或者把她軟禁起來，眼不見為乾淨……」

「哇，姐姐，難道你是雅兒公主肚子裏的小蟲

子，知道得那麼清楚。」曉星朝曉晴扮着鬼臉，說。

「這說明我有推理能力。你以為你才會破案嗎？我也會。我是周‧阿加莎‧曉晴。」

「喂，姐姐，你好過分，竟然偷了我的創意！」曉星不樂意了。

「什麼你的創意？才不是呢！」曉晴撇撇嘴。

在兩姐弟的鬥嘴聲中，學校到了，三人組在門口下了車，走進了校園。曉晴被趕回課室幫忙抄筆記，小嵐和曉星徑自去了校長室。

門虛掩着，小嵐敲了敲門，問道：

「校長，我是馬小嵐。可以進來嗎？」

「請進！」傳出老校長的聲音。

小嵐推門進去，見到老校長已經從辦公桌後面站起，迎了上來：

「小嵐，曉星，你們回來了。快坐快坐！」

老校長親自給兩個學生倒了茶。小嵐和曉星都是他鍾愛的學生，聰明可愛，成績又十分優異。尤其是小嵐，沒有公主的驕、嬌二氣，尊師守紀、禮貌待

人，簡直挑不出什麼毛病。

「查案的事怎樣了？」校長坐在兩個學生對面的沙發上，眼睛看着小嵐，問道。

「校長，天澄古鎮之行有收穫……」小嵐把發現雅兒公主曾出現在天澄古鎮的事，向校長作了匯報。

「啊！」老校長很是震驚。

有學生失蹤，對校長來說，已經是一件很憂心的事。現在聽到有可能作案者也是校內學生，老校長真的被打擊到了。如果證明雅兒公主真是作案者，那真要檢討一下自己的管治能力了。

「校長，別擔心，這只是有嫌疑而已，並不是說一定跟雅兒同學有關。」小嵐見到老校長難受的樣子，急忙安慰說。

「教不嚴，師之惰，我責無旁貸呀！」老校長好像一下子老了十年似的，平日挺直的腰也好像彎了下去，他歎了口氣說，「希望與她無關。之前為比賽取勝偷走別人的舞鞋，已是大錯，因為看在她初次犯錯，只給了一個警告處分，如果這次真的是她，那就

不可以再原諒了。」

好一會兒他才讓自己平靜下來。他起身走到辦公桌旁，按了按枱上的電話，說：「康秘書，馬上把雅兒同學叫來。」

過了五、六分鐘，雅兒公主便來到了。原來接到秘書電話時，她剛回到學校，正走到靠近辦公大樓的地方，所以她拐個彎，再上電梯，就很快到了校長室。

走進校長室，她一見到小嵐和曉星，眼光就有點躲閃，然後趕緊問老校長：

「校長找我什麼事？」

老校長指了指自己旁邊的沙發，說：

「你先坐下。」

雅兒公主雖然對別人傲氣，彷彿誰都不放在眼內，但對校長是不敢不尊重的。畢竟她在宇宙菁英學校一天，就是這裏的學生，就要遵守校規，就得尊敬師長。她乖乖地坐了下來。

老校長看着雅兒公主，神情很嚴肅，他說：

「雅兒同學，小嵐同學有些事想跟你談談，希望你配合一下。」

雅兒公主不想跟小嵐有任何交集。她心裏有公主的驕傲，但不知怎的在小嵐面前她總驕傲不起來，所以她決定「惹不起，躲得起」，盡量不跟小嵐打交道。

但她不敢違抗老校長，便不情不願地「哦」了一聲。

小嵐看着雅兒公主的眼睛，問道：

「我們學校的賽虹同學在公眾假期時去了天澄鎮，在那裏失蹤了。」

「啊！」雅兒好像有些愕然。

小嵐留意着雅兒公主的表情，接着說：

「警方委託我在學校展開調查，看能否找到些線索。」

雅兒很快平靜下來，她看了小嵐一眼，說：

「她失蹤，找我也沒用。我跟她又不是很熟，天曉得她去了哪裏！」

「雅兒同學，請問，之前的公眾假期，你是不是去過天澄鎮？」小嵐問道。

「怎麼？你懷疑我跟賽虹的失蹤有關？！」雅兒公主反應有點激烈，騰地站了起來。

「你別激動。我們只是想利用一切線索找到賽虹同學而已。」小嵐冷冷地看着雅兒公主，「請問你是否去過天澄鎮？是否在天澄鎮見過賽虹同學？」

「我是去過天澄鎮，但沒有見過賽虹。」雅兒公主一臉的不滿，「天澄古鎮那麼大，公眾假期時遊客又那麼多，即使同一時間去了那裏，能碰面的機率也很小。而且，即使碰到過又怎樣？鬼知道她之後去了哪裏，我又不會跟着她。」

小嵐留意着她臉上的微表情，説：

「你再想想，有什麼可以提供的線索。」

「沒有。我可以走了嗎？上課時間快到了，我得回去了。」雅兒公主一副不耐煩的樣子。

正在這時候，校長室的門被人推開了，出現了女秘書的身影：

「校長，賽虹的爸爸媽媽來了。」

女秘書回身向後面做了個「請」的手勢。

賽虹父母走了進來。之前見過他們的人，包括校長和小嵐曉星都震驚地睜大了眼睛，他們都目瞪口呆地看着賽虹媽媽。

賽虹媽媽怎麼了？

一天前見到的賽虹媽媽還是滿頭黑髮，但現在竟然白了一大半！

曾聽到因悲傷和憂心一夜白頭的傳說，沒想到現在真的看到了。可想而知，女兒的失蹤，對賽虹媽媽來說是多麼的痛苦和煎熬呀！

「校長，我家虹虹有消息了嗎？」賽虹媽媽一進來就衝向校長。

「這……」老校長支吾着，不知怎麼回答才好，「暫時還沒消息。」

賽虹媽媽本來就不好的臉色變得煞白，嘴唇顫抖着說：

「沒消息？還是沒消息……虹虹呀，你究竟在哪

裏？在哪裏呀？媽媽好想你……」

賽虹媽媽無力地坐到沙發上，雙手捂住臉，嗚咽着。

賽虹爸爸不住地安慰妻子：

「沒消息就是好消息，起碼證明她沒有出事。」

賽虹爸爸說着說着，自己卻又流下了淚水。

小嵐的眼圈瞬間紅了，她想說些什麼安慰一下賽虹父母，但一句話也說不出來。兒女是父母的心頭肉，女兒突然失蹤，不知生死，可想而知對父母來說是一種怎樣的煎熬。

小嵐轉頭看了看雅兒公主。

雅兒公主看着傷心欲絕的賽虹媽媽在發呆，眼裏有一種很複雜的情緒。

雅兒公主見到小嵐看她，急忙躲開了，臉上剎那間出現了一絲慌張。

小嵐想，她一定隱瞞了些什麼。

第十四章

出現新的嫌疑人

吃完午飯後，同學們有的回宿舍午睡去了，沒有寄宿的同學留在課室，有的做作業，有的玩手機，有的聊天。曉晴身旁圍了三、四個女同學，在吱吱喳喳地討論着指甲油的顏色。

小嵐正坐在座位上思考虹失蹤案的事，見到教室外有人一閃而過，好像是雅兒公主。

小嵐馬上起身，走出了課室。她本來就想找雅兒公主談談。

遠遠見到雅兒公主走進了電梯，下樓去了。小嵐急忙走入旁邊的另一部電梯，也下了樓。

見到前面晃着一個熟悉的身影，正是雅兒公主。只見她一個人走在前往越明湖的小徑上。

小嵐跟了上去。

雅兒公主走得很慢，似乎邊走邊想着什麼，腳步有點沉重。走了六、七分鐘才走到了湖邊。她走到一棵柳樹下面，在一塊大石上坐了下來，看着陽光下閃着鱗鱗光波的湖水發呆。

小嵐走到離她兩、三米遠的地方，也坐了下來。

雅兒公主沉浸在自己的思緒中，沒發覺附近坐了個人，過了一會兒，才感覺到了什麼，一轉頭，發現了小嵐。

她愣了愣，又把頭轉回去，繼續看着湖水。

「看到賽虹媽媽傷心的樣子，心情不好吧？可憐天下父母心。你知道嗎？我昨天見到賽虹媽媽時，她還是一頭烏黑的頭髮，一夜之間，竟然全白了。那該是怎樣的擔心和焦慮，怎樣的心靈折磨才導致這樣啊！真難以想像，她這幾十小時是怎麼熬過來的。」

雅兒公主身子顫動了一下，仍舊一聲不吭。

小嵐看了看雅兒公主，更堅定了自己的猜測，她繼續說：

「你有關於賽虹的線索，是不是？你知道賽虹在

哪裏，是不是？你會難受，這說明你良心未泯，你心裏還有善良，你不說出來，可能有某種原因。但是你要知道，賽虹是無辜的，賽虹的父母是無辜的。賽虹本來是個快樂的學生，她的家本來是個幸福的家庭，卻因為無妄之災，如今陷入了悲痛絕望之中……」

「你別說了！」雅兒公主突然抬起頭，喊道。

「我要說，我要說到你清醒。你知道這是犯罪嗎？如果賽虹沒有生命危險還好，如果她出了事，你不但毀了她，也毀了你，毀了至少兩個家庭。希望你早點清醒，也許事情還有補救的機會……」小嵐的話語越來越嚴厲。

「不是我，我沒有！」雅兒公主瘋了似的喊了一聲，「只是，我猜到了，有可能是某個人。」

「那你就把某個人的名字說出來。」小嵐大聲說，「賽虹如果被人綁架，那她隨時處在危險之中，你早說一分鐘，都可能因此救了她一命。」

「但是，我不想他被抓，不想他坐牢，不想他有事。」雅兒公主號啕大哭起來，「他肯定不是故意

的，他不像是會傷害別人的人。」

小嵐站了起來，走到雅兒公主身邊，遞給她一張紙巾。

雅兒公主接過來，擦眼睛，擦臉。妝花了，一張漂亮的臉擦成了花貓臉。

「他是我的青梅竹馬，是黃湖國首相的兒子，跟我一塊長大的。從小他就呵護我，見不得我受一絲絲委屈，不希望我有一點點煩惱。」雅兒公主吸了吸鼻子，說，「公眾假期那幾天，他陪我去天澄古鎮玩了兩天。不過，我真沒見到過賽虹，噢，不是，見過了，但只是……」

雅兒公主講得有點語無倫次的，但聰明的小嵐仍然聽明白了她說的事。

原來，那天她和兩小無猜的好朋友羅白逛天澄古鎮，走着走着，走到了一家照相館門口，羅白突然停住了，他指着照相館門口櫥窗上的一張照片，說：「你看那穿古裝拍照的女孩，拍得真好！雅兒，你也拍幾張好不好？我覺得你穿古裝肯定比她還美。」

雅兒抬頭一看，臉色馬上就不好了，那被青梅竹馬讚美的女孩，不就是自己的死對頭賽虹嗎？

「你喜歡她，你跟她玩好了，別管我！」雅兒說完，使着小性子跑掉了。

羅白自小性格反叛，誰也管不了，只有雅兒治得了他。每次雅兒發脾氣不理他，他都彷彿世界末日似的害怕。當下他嚇得趕緊追上去，跟雅兒又是鞠躬又是道歉，口水也說乾了，雅兒才消了氣。然後，羅白知道了那照片上的女孩，就是前段時間被雅兒背地裏咒罵了很多遍的賽虹。

羅白比雅兒大幾歲，他從小就喜歡這個妹妹，誰敢動妹妹一個手指頭，他都會把他揍得連爸媽都認不出來。現在聽到原來這個女孩就是害得雅兒拿不到冠軍、還受了學校處分的賽虹，心裏那個氣呀，他捏捏拳頭，脫口說道：「我馬上把她抓來教訓一頓，讓她給你道歉！不道歉我就揍她。」

「我警告你，不用你管！」雅兒公主馬上跺腳、瞪眼、發小脾氣。

「哦哦哦，好，我不管我不管，雅兒別生氣。」羅白趕緊去哄雅兒公主，又說，「你不是想吃中國菜嗎？我見到離卡口四、五公里的地方有一家中國餐館，等會我問朋友借輛車，咱們開車去那裏吃中國菜。」

雅兒公主心裏儘管很恨賽虹，但她也明白之前的事歸根到底是自己不對，還真的不能怪人家賽虹。只是她是個公主，自出娘胎就被身邊所有人寵着、哄着、慣着，沒想到卻敗在一個普普通通的平民百姓手裏，覺得很沒面子，心裏總憋着一口氣罷了。要説報復賽虹，她可是一點兒也沒想過。

但一聽説賽虹失蹤，她馬上就想到羅白身上去了。那傢伙難道真的瞞着自己做了些什麼？

不過這傢伙也太膽大包天了。腦子長草了嗎？衝動成這樣，竟然去綁架人？！

賽虹是無辜的，但自己又怎可以説出好朋友的名字！説出來，他這輩子就完了，綁架罪是會坐牢的呀！

法理和人情，該如何選擇？好難啊好難啊！

就這樣糾結着，後來又看到了賽虹爸爸媽媽傷心的樣子，看到了賽虹媽媽那白了大半的頭髮，她心裏又在譴責自己。離開校長室回課室上課之前，她悄悄打了個電話給羅白，要證實一下他有沒有做壞事，但打了又打，都是關機。這下子，雅兒公主幾乎是確信無疑了，因為羅白不會平白無事關機的。他一定關了機去做壞事，不想自己干涉他、阻撓他。

上午幾節課，雅兒公主一直在拷問自己的良心，在不安之中度過。中午飯也沒吃幾口，就來到這裏發呆。結果被小嵐找來，逼問、提醒，她一下子就崩潰了。

「我是二十號坐晚上的高鐵回首都的，羅白在黃湖國立大學就讀大三，因為是最後一年，要上的課不多，所以不用急着回去上課。他租了輛車子，把我送去高鐵站後，自己又回了天澄鎮，說是再待一兩天才回國，他要搜集些資料寫論文用……」

聽了雅兒一番話，小嵐鬆了一口氣，案情終於有

了進展。羅白太有作案動機了，他想為雅兒出氣啊！羅白也有作案時間，他送雅兒公主去高鐵站，再回到天澄鎮時，正是十一點到十二點這時段啊！而最令人懷疑的是，他跟雅兒兩人一起旅遊，雅兒離開了他卻仍留在天澄鎮，雖然借口説是搜集資料寫論文，但這很牽強啊！現在互聯網發達，天澄古鎮這樣的旅遊熱點，網上資料多得很，根本不需要在當地搜集。

她馬上給仍在天澄古鎮的金鍾探長打了個電話，説了羅白這條線索：

「……事情就是這樣，羅白太可疑了。你請泰古隊長馬上查查這個人的行蹤……對，羅白是黃湖國人，他住在雲泉酒店。好的，我會馬上出發去天澄古鎮……」

第十五章

櫻花道九號別墅

小嵐和曉星匆匆忙忙坐高鐵去了宇海城。

這是二十三號的下午三時，距離賽虹失蹤已是五十多個小時了。

金鍾探長和助手左敦，還有泰古，去高鐵站把他們倆接回了天澄分局。泰古已知道了小嵐身分，所以對金鍾兩人對小嵐的恭敬態度再也不會感到奇怪。

一路上，他們就這兩天的案情進展了交流，泰古對小嵐說：「收到您電話以後，我們馬上通過國際撲滅罪行組織，查到了羅白的檔案。他是黃湖國首相羅萊的兒子，黃湖國立大學大三學生，無犯罪紀錄。這是他的照片。」

泰古指指打開的電腦，上面有一張放大了的照片，二十歲左右，濃眉大眼，看上去還挺帥的。

泰古繼續說：「我們已經立即去了雲泉酒店調查。負責人很配合，馬上幫忙查了住客名單，果然發現了羅白的名字。但紀錄顯示他還沒有退房。我們找到負責給羅白所住房間打掃的一個女員工詢問，那女員工說，住客好像已經兩天都沒回來住了，因為她每天早上打掃房間時，見到牀鋪跟前天一樣整齊，沒有人動過。浴室裏由酒店提供的毛巾、牙膏、牙刷也沒有人用過。」

　　金鍾插話：「根據種種跡象，羅白很有犯案可能。沒退房，但人又不回去住，這本身就很不正常。賽虹失蹤後沒有他離開天澄鎮的紀錄，估計是羅白綁架了賽虹之後，見到警方緊密追查，在卡口及各出入交通都查得很嚴，所以躲了起來，暫時不敢露面。不過，雅兒公主說羅白性格反叛，脾氣很不好，所以如果真是他綁架了賽虹，他為了替雅兒公主出氣，很難擔保他不會做出傷害行為。」

　　小嵐想了想說：「如果羅白抓人只單純是為了出出氣，他達到目的後應該就會放人，但直到現在還沒

見到賽虹，這就很令人擔心。我覺得有兩個可能，一個可能是賽虹見到了羅白的真面目，而羅白為了掩飾罪行，把她殺了，這是最糟糕的結果。另一個可能，羅白在等待，等警方有所鬆懈時再把賽虹帶出古鎮，把她賣到外國，把她扔得遠遠的，一輩子都不會跟雅兒公主見面，免得雅兒公主見了不開心。不管是哪種可能，都會令一個無辜女孩的人生被改變，一個大好家庭破碎，所以我們一定要儘快破案。」

「是！」車上的人都紛紛點頭。

泰古說：「查到羅白有關資料後，我已經派刑偵分隊所有人手，拿着羅白的資料在全鎮範圍內作查訪，務求儘快找到羅白躲藏的地點。另外還加強了外出卡口的監控，要求出鎮車子上的人都出示身分證明，核對身分，如果羅白之前還沒來得及把人轉移走的話，就可以起到攔截作用。」

小嵐點點頭說：「好，謝謝你們積極破案，希望能早點找到失蹤者。我打算再去一下賽虹失蹤時的停車場，看能不能找到多一點線索。」

金鍾説：「我和左敦陪您去吧！」

小嵐搖搖頭：「不用了，你們倆去配合泰古隊長吧，我跟曉星兩人去就行了。」

泰古説：「那我們就恭敬不如從命了。您什麼時候要用車，隨時打電話給我，我馬上派車去接。」

小嵐點點頭，説聲「謝謝」。

小嵐和曉星在賽虹失蹤的停車場附近下了車，看着泰古他們的車子開走了，小嵐對曉星説：「好啦，他們走了，現在輪到你好好發揮貓鼻子功能了。警方有警方查，我們有我們查，看你的貓鼻子靈還是警方的警犬靈。」

「那還用説嗎？當然是我的鼻子靈了！」曉星驕傲地仰起臉，「我是誰？我是周·福爾摩斯·曉星！」

「走吧，福爾摩斯曉星！」小嵐拍了曉星的腦袋一下，「如果停車場裏有羅白的氣味，那他綁架賽虹的事就八九不離十了。」

「喵，喵——」曉星扒拉着兩隻手，扮作貓狀，

又叫了兩聲。

「臭小貓，給！」小嵐從背囊裏掏出一樣東西，遞給曉星。

「什麼東西？」曉星接過一看，是一個小布熊掛飾，「送我的？」

小嵐說：「不是啦！這是帶有羅白氣息的東西，你嗅嗅，我們看能不能依據這氣息找到他。」

「哇，小嵐姐姐你好厲害啊，這都能找到！」曉星眼睛一亮。

小嵐說：「雅兒公主給的。她害怕警方找到羅白時他會反抗，怕他受傷，也怕他傷人，所以她把這小熊掛飾給我作為信物，告訴羅白是雅兒公主要他聽警方的話，不要做傻事。

這掛飾是羅白在天澄鎮旅遊時買的，他在衣袋放了一天，所以肯定留下了他的氣息。他是在送雅兒公主去搭高鐵時，送給她的。」

「哦，明白了！」曉星把掛飾放在鼻子底下聞，一邊聞一邊說，「我聞到好幾種氣息，其中兩種比較強烈，相信是羅白和雅兒公主的。」

「走吧，邊走邊聞，抓緊時間。」小嵐一手摟住曉星的脖子，推他向前走。

兩個人又走進了停車場，去到了那天發現賽虹氣息的地方。曉星開始像隻貓那樣嗅呀嗅的，不一會兒，他驚喜地喊了起來：

「咦，聞到了，聞到了！」

小嵐趕緊問：「聞到羅白的氣息？」

曉星說：「我在這裏聞到了小熊掛飾上的一股氣

息，兩股較強烈的氣息中的一種。如果如雅兒公主說她跟綁架案無關的話，應該就是羅白的氣息了。」

小嵐說：「還等什麼，馬上追蹤！」

曉星「砰」的一聲立正，說：「是，長官！」

就這樣，曉星嗅呀、走呀，嗅嗅走走，走走停停，曉星領着小嵐，拐進了一條種滿法國梧桐樹的林蔭路。

咦，這不就是他們之前離開櫻花旅店，沿着大街一路走過來時，隔着圍牆看到的那個別墅區嗎？

路兩旁都是些漂亮的兩層別墅，難道羅白藏在這裏？怪不得警方這幾天查來查去都找不到人了，這些別墅肯定不是普通人能住的，除非你有什麼證據，貿然要進去搜查，很難呢！

曉星繼續走着，嗅着，他突然在一幢小別墅前面停了下來：

「氣息到這裏斷了。」

「曉星，你看！」小嵐突然拉了他一把，「是這裏了，你看那輛車。」

小嵐指着別墅門口一輛藍色寶馬，那車牌號，正是監控片段上看到的雅兒公主乘坐的那一輛！

「哇，沒想到這麼順利！」曉星開心得跳了起來。

「噓……」小嵐趕緊捂住他的嘴。

小嵐拉着曉星躲到一棵大樹後，拿出手機打電話給泰古。電話馬上接通了。

「喂，泰古隊長嗎？我們發現了羅白駕駛的那輛藍色寶馬，我記得那車牌號碼。你們趕快過來。我們所在位置是櫻花道九號別墅，那輛寶馬車就停在別墅門口。好，好，等會兒見！」

「泰古隊長説馬上帶一隊人到這裏。十分鐘內到。」小嵐打完話告訴曉星，又説，「我去路口等他們，你留在這裏，留意有沒有人進出。」

「是，保證完成任務！」曉星拍拍胸口。

七分鐘不到，泰古隊長他們就到了，除了金鍾和左敦之外，還來了十多名佩槍便衣警察。泰古隊長怕有危險，沒讓小嵐和曉星參加行動，叫他們先上了警

車，在車裏等候。

來到別墅門口，泰古隊長做了個手勢，所有人就十分默契地迅速包圍了小別墅，有的負責控制大門，有的負責控制後院，有的負責控制陽台和窗戶……而泰古就把帶來的一個皮袋往肩上一拴，一個員工證往脖上一掛，扮成煤氣公司職員去按門鈴。

大門的對講門鈴很快傳出一把年青男子的聲音：「什麼事？」

泰古答：「抄煤氣錶的。」

「稍等！」裏面的人説。

不一會兒，聽到大門內「踏踏踏」的走路聲，大門打開了，露出一張年輕人的臉。不過，這人並不是羅白。

泰古舉起手裏的職員證，説：「煤氣公司的，編號2468。」

「進來吧！」年輕人往裏面讓了讓。

泰古走進大門內，隨即一轉身，以迅雷不及掩耳之勢，迅速把年輕人控制住。而同一時間，負責控制

大門的金鍾及左敦，還有另外六名警察就迅速衝進了屋裏。

三個人在樓下搜索，另外六個人衝上了二樓和三樓。

「你們幹什麼？你們幹什麼？！」年輕人掙扎着，憤怒地喊着。

「請配合點。」泰古把他推到沙發邊上，按他坐下。

「這是搜查證，我們懷疑你這裏藏有被綁架人士。」泰古拿出一張蓋有警察局印章的文件，在年輕人面前揚了揚。

「什麼被綁架人士，胡說八道！」年輕人嚷道，他想掙扎，但哪掙得過泰古那雙大手，只好忿忿地坐着生悶氣。

過了一會兒，三名負責搜索樓下房間的隊員來報：「報告，沒有人！」

又過了一會兒，負責搜索二樓的三名隊員來報：「報告，二樓沒有人！」

泰古不由得皺起眉頭。又過了一會兒，搜索三樓的隊員下來了，報告說並沒有發現三樓有人。

沒有找到失蹤者和嫌疑人，大家都有點失望。幸好門口的那輛車，顯示還有線索可追。

泰古對那個憤怒又不安的年輕人說：「對不起，人命關天。你涉嫌跟一宗綁架案有關，請你跟我們回去，協助調查。」

第十六章

他是嫌疑人還是受害者

天澄警察分局,詢問室。

詢問室裏坐着泰古和一名記錄員,在他們對面,坐着從別墅帶回來的年輕人。

審訊室隔壁是監控室,小嵐、曉星,還有金鍾和左敦,他們正透過一面特別的玻璃牆,即單向透視玻璃,看着詢問室裏的情況。

曉星對那面牆表示了極大興趣,不住地朝詢問室裏的人扮鬼臉,反正他們看不見自己。小嵐瞧不過眼,忍不住敲了他腦袋一下:「少胡鬧。」

這時裏面的問話開始了,年輕人怒氣沖沖地對泰古說:

「我抗議,抗議你們過度執法、隨便拘禁公民。」

「楊陶先生，你別激動，我再次強調，我們並沒有逮捕你。因為你涉及一宗女學生失蹤案，人命關天，所以請你回來協助調查。」泰古耐心地解釋着。

「啊，有沒有搞錯？！」那位年輕人，即楊陶先生跳了起來，怒火沖天地説，「你們懷疑我綁架了女學生？太過分了！我楊陶怎會做這種傷天害理的事！」

泰古説：「你放心，我們不會放過一個壞人，但也決不會冤枉一個好人的。你只須回答我一些問題，如果事情的確跟你無關的話，我們會很快讓你回家的。」

「哼，問吧！」楊陶氣呼呼地坐了下來。

泰古示意坐旁邊的一名記錄員開始記錄，然後問道：「請問你認識羅白嗎？」

「羅白？當然認識。他是我朋友。」楊陶説。

「請問，你是否曾經把你的車子借給他？」

「是。他十九號和朋友來天澄鎮遊玩，為方便，他問我借了車。」

「那他是什麼時候把車還給你的？」

「二十號晚上。大約十一點三十分左右，羅白把車開到我住的別墅區，想把車還我。車子進去時被門衞攔住了，因為車子開進別墅區要出示出入證，或致電業主認可才能進去。但因為二十號那天公司有急事要我去外地公幹，門衞打電話給我時，我手機沒電了，沒有接通。羅白進不去，就把車子停到別墅區外面的一個停車場，然後返回把車匙從我家大門門縫底下塞了進去，又給我手機留了言，讓我回家後把車子開回家。」

監控室裏，小嵐明白了為什麼曉星會聞到羅白的氣味，原來羅白把車留在停車場後，曾經步行回去楊陶的別墅，把鑰匙留給他。所以一路上都留有他的氣息。

至於羅白碰到賽虹的時間，應是在羅白送完鑰匙從別墅區出來，路經停車場的時候。

如果羅白要綁架賽虹，他沒了車怎麼帶走人呢？如果是步行帶走，就應該在路上留下氣息，曉星會嗅到，但曉星到了停車場後就顯然聞不到賽虹的氣味

了。而對羅白，曉星就只在停車場到別墅區那段路上聞到他的氣味。

究竟羅白是怎麼帶走賽虹的，難道羅白還有幫手？那個幫手開了車來接羅白，並一起綁走賽虹？

事情越來越複雜了。小嵐想呀想，想得腦袋都有點發痛。

詢問室裏，泰古和楊陶的對話仍在繼續。泰古問道：「請問你出差回來後有跟羅白聯繫過嗎？」

楊陶搖搖頭：「我打過他的電話，但一直是關機狀態。我也不知道什麼情況。」

泰古又問：「你知不知道，羅白在天澄鎮有沒有親戚或朋友，有沒有可以住宿的地方？」

「應該沒有吧！反正我沒聽他說過這裏有親戚朋友。」楊陶說到這裏，問道，「你剛才說在勘查一宗綁架案，你們該不是懷疑羅白是綁匪吧？羅白這人由於出身高官家庭，人有點傲氣，但還不至於去犯法做壞事的。」

「人衝動起來，有時是會犯糊塗的。」泰古對楊

陶説，「謝謝你的配合，你可以走了。如果羅白跟你聯繫，你首先要穩住他，然後想辦法跟我們聯繫。不過，你記住，如果羅白打電話給你，你一定不可以透露警方懷疑他的事。」

「啊，我可以走了？」楊陶一聽很高興，他還以為會被拘禁，要蹲幾天小黑屋呢，「好，我不會告訴他的。不過我也希望你們要查清楚，不要冤枉他。」

「你放心好了。警方是重事實、講道理的，不會隨便冤枉好人。」他又對記錄員説，「你送楊先生出去。」

楊陶忙不迭地走了，好像怕泰古反悔把他抓回去似的。

泰古搖搖頭，轉去了隔壁監控室。他對裏面幾個人攤攤手表示遺憾。

案情又陷入了僵局。好不容易找到的線索又斷了，大家都有點失望。

正在這時，泰古的手機響了。泰古接聽：

「什麼，有線索？好，太好了，你們先監視着，

我們馬上就來。」

泰古放下電話，興奮地說：

「好消息好消息，找到羅白藏身地點了！派出去的第二小隊發回來消息，他們在漁光邨作調查時，發現了羅白的蹤跡。漁光邨位於海邊，那裏有許多由當地人興建的小石屋，有當地人自住的，也有出租的。其中有一間早兩天被人租了，是一個月的短期租約。租房的是個二十歲上下的年輕男子，他是二十號上午開始租的。有人提供了一個信息，說是租時是一個人，但其實是住了好幾個人，還有女子聲音傳出。」

「啊，那太好了！」小嵐很高興，她說，「年齡符合，時間上也吻合，那女的很可能就是賽虹。人數多了，很可能是羅白還有幫手。」

泰古興奮地說：「更好的消息是，我們隊員給附近民眾出示羅白照片時，有一名當地人認出來了，說是有一次路過時，從窗子裏見到過這張臉，雖然只是一閃而過，但因為長得帥，給他印象很深。」

「那事不宜遲，咱們趕快出發，解救受害人！」

小嵐激動地說。

「好，出發！」泰古領頭，帶着一行人匆匆走出警局大門。

車子飛快地往漁光邨而去。

漁光邨入口處，一名便衣探員站在那裏等候着，一見到泰古帶着人來到，便悄悄地朝他打了個「跟我來」的手勢，一行人急急地朝疑似綁匪藏匿點走去。

漁光邨靠近海邊，十分安靜，聽到的只是海浪拍岸的聲音。邨裏面全是兩三層高的、不同設計顏色的獨立小屋，屋與屋之間有起碼七、八米寬的距離，如果想在裏面作案的話，只要不要弄出什麼大聲響，住隔鄰的人都不會發覺。

便衣探員把大家帶到一處小樹林，馬上有八名探員走過來，走在前頭的小隊長立正朝泰古敬了個禮，小聲說：「隊長，嫌疑人就住在那間房子。」

小隊長說完指了指不遠的地方，一幢外層塗成綠色的兩層小屋。

泰古對小隊長說：「事不宜遲，你安排人手包圍

屋子，提防疑犯逃跑，我跟首都來的探員去叫門。」

「是，長官！」小隊長轉身指揮隊員，在屋前屋後以及窗戶下蹲守，提防疑犯逃脫。

小嵐小聲問曉星：「你的貓鼻子有沒有嗅到什麼？」

曉星眨眨眼睛，激動地對小嵐說：「沒錯了，我已經嗅到屋裏有兩股氣息，是屬於羅白和賽虹的。」

「公主殿下，為安全起見，你和曉星先藏在那裏。」泰古指了指綠屋對面半人高的灌木叢，「我們順利進入後，你們才進來。」

「好！」小嵐知道泰古是為了保護他們，所以也沒有反對。她會跆拳道，可以保護自己，但曉星就難說了，小嵐不希望他有任何損傷。

所有人就位後，泰古便拍門了，還大聲叫喚：「請問有人嗎？」

沒有人應。泰古又再喊：「有人嗎？」

屋裏靜悄悄的，還是沒有人回應。泰古生怕綁匪發現是警方找來，因而傷害人質，所以不再等了，他

知道左敦會開鎖，便對左敦說：「你把鎖打開。」

「是！」左敦拿出一塊硬紙片，在門鎖處弄了幾下，門「啪」的一聲打開了。

三個人迅速衝入屋裏，小隊長和另外兩名隊員也隨即進入。小嵐和曉星也從灌木叢後面跑了出來，衝進屋裏。

小隊長和另外兩名隊員在樓下搜索，泰古帶着金鍾、左敦衝上了二樓，小嵐和曉星也跟着跑了上去。

樓下很快搜完了，兩個卧房，還有廚房、浴室、洗手間，都沒有人。而衝上二樓的，卻有了收穫。

衝入第一間房，發現椅子上捆着一個女的，她低着頭，頭髮披散着遮了大半張臉。小嵐衝了過去，把頭髮撥開一看，便叫了起來：「賽虹，是賽虹！」

賽虹本來昏昏沉沉的。被關了幾天，身體和精神上都備受折磨，吃不好睡不安，人都瘦了幾鎊，昏沉中聽到有人叫她的名字，便努力地睜開眼睛。當她看清楚是小嵐時，黯淡的眼神變亮了，她激動地喊道：「公主，公主，是你嗎？」

「是我。賽虹，我們來晚了，讓你受苦了！」小嵐摟住賽虹。

「哇！你們終於來了，我好怕呀！」賽虹大哭起來。

「別哭別哭。」小嵐手忙腳亂地替賽虹解着身上的繩子，但越急越解不開，泰古拿了一把剪刀過來，咔嚓一聲把繩子剪斷了。

賽虹收住哭聲，急急地對小嵐說：「快去救羅白，快！」

所有人都一愣，怎麼，羅白不是綁架她的人嗎？怎麼她這麼焦急要救他？

正在這時，外面傳來金鍾的喊聲：「羅白找到了，在這裏！」

賽虹帶頭跑向另一個房間。只見角落裏躺着一個人，雙手雙腳被捆綁，雙眼緊閉，衣服髒兮兮的，頭髮亂糟糟的，情況比賽虹還要狼狽許多。

在眾人驚訝的目光中，賽虹撲了過去，跪在羅白身旁，喊道：「羅白，羅白，你醒醒，醒醒！」

羅白慢慢睜開了眼睛，看了看賽虹，又看了看屋裏其他人。他臉上露出激動的神色，張開乾裂的嘴唇想説話，但卻説不出來。

「快送醫院，他的手斷了！」賽虹哭着説。

這時大家才發現，羅白的手軟綿綿的，搭拉在身邊。泰古馬上打電話叫救護車。

羅白努力嚥了嚥口水，用嘶啞的聲音説道：「小心，綁匪，快回來了……」

賽虹被提醒，急急地小嵐説：「是的，一男一女兩個綁匪，剛剛出去吃飯了，小心他們回來發現情況不對，逃跑了。」

雖然賽虹和羅白都還沒有説清楚發生了什麼事，但聽他們片言隻語，都猜到事情跟之前推斷的大不一樣，羅白並不是綁匪，他是和賽虹一起，被人綁架了。

想清楚這點，泰古馬上布置下一步行動，小嵐和曉星，金鍾和左敦，四個人陪同賽虹、羅白去醫院，餘下的人，留下來嚴密監視屋子周圍，一有人回來，就實施抓捕。

第十七章

我是尋人專家

　　金鍾開車，很快將賽虹、羅白送到了宇海醫院。接診醫護了解基本情況後，把兩人推進了檢查室。

　　一個多小時後，賽虹被推出來了。跟着出來的醫生告訴小嵐他們，賽虹身體沒大問題，只是手腳和身上都有擦傷痕跡，但不嚴重，已作了消毒包紮處理。只是人備受驚嚇有點虛弱，需留院觀察，如果沒其他情況再安排出院。這令小嵐等人聽了十分高興，徹底放下心來。小嵐趕緊打電話向老校長報告了喜訊。

　　賽虹堅持不肯入病房，要在檢驗室門口等候羅白消息。醫生沒辦法也就同意了，讓護士等會兒再來推她入病房。

　　羅白的檢查室一直關着門，大家都焦急地等待，都希望他平安無事。等待期間，賽虹把她這幾天的遭

遇告訴了大家。

事情是這樣的。

二十號晚上她因為晚飯吃了太多燒烤，又喝了幾罐咖啡，躺到牀上怎麼也睡不着，還總覺得口渴。到十一點多將近十二點時，她起牀找水喝，但水壺裏的水早喝光了，房間也沒有可以燒水的電器，反正睡不着，所以她就起牀了。她知道旅店附近有廿四小時便利店，便打算去買幾瓶蒸餾水回來。

走到停車場的時候，賽虹跟羅白碰面了。羅白把車鑰匙放到楊陶家後折返，見到了剛好走到停車場的賽虹。羅白因為見過照相館門口那張相片，所以一眼便認出了賽虹，他想嚇唬她一下，為雅兒公主出口氣，便攔住了她。

沒想到，他站到賽虹面前剛要說話時，聽到傳來「嘎」的一下刺耳的刹車聲，一輛車在他們身邊停下，三個人跳了下來，其中兩人分別控制住賽虹和羅白，另外一人就負責捆綁。那三個人力氣很大，好像練過功夫的樣子，賽虹和羅白根本沒有反抗的能力，

接着就被推上車，一路來到漁光邨，關在小石屋裏。

開始時只是雙手雙腳被綁着，嘴巴還可以説話。賽虹把跟雅兒公主的結怨經過一五一十告訴了羅白，羅白才知道自己錯怪了賽虹，也為自己的愚蠢行為向賽虹道歉，賽虹知道後也沒有怪他。

但兩人都同樣百思不解，不知什麼原因被人綁架。兩人都年輕，談不上跟人有什麼深仇大恨，竟然要用綁架來報復。如果説是謀財吧，但又沒有向他們要家中電話或其他聯絡方式，去向家人索要贖金。

被關的第二天，羅白在賽虹幫助下解開了綁着手腳的繩子，衝到窗前想呼救，但還沒來得及出聲，就被綁匪發現。羅白激烈反抗時，被兇殘的綁匪拗斷了手。綁匪可能怕被人發現，也沒有送他去醫院，就這樣把他扔在地上，不聞不問。

而且，為防止他們再反抗，綁匪把他們兩人分開，關在不同房間……

聽完賽虹講述經過，大家都覺得事情十分詭異，一直都以為是羅白綁架了賽虹，沒想到羅白也是受害

者。至於他們被綁架的原因，就只有捉到那三名綁匪才知道了。

這時檢查室的門打開了，羅白躺在牀上被兩名護士推了出來，一名穿白大褂的醫生跟在後面。小嵐等人馬上迎了上去。醫生問：

「誰是病人的親屬？」

大家互相看了看，賽虹說：

「他家人在黃湖國，我是他朋友，有什麼可以跟我説。」

醫生看了看病人檔案，説：「病人身上多處受傷，有些已經發炎，不過我們已經替他敷了藥，問題不大。不過他右手小臂折斷，情況不大好，要趕緊做手術。」

「手術後，他的手不會留有什麼後患吧？」賽虹擔心地問。

「這點要看手術後情況才能下結論。初步判斷可以恢復到原來的八到九成，如果情況良好的話，九成以上沒問題。」醫生答道。

「醫生，那拜託了！什麼時候做手術？」小嵐問道。

「骨折手術之前要禁食禁水八小時，病人上一次吃東西是什麼時候？」醫生問。

賽虹回憶了一下，說：「午飯和喝水都是今天中午十一點左右。之後沒吃過東西，也沒喝過水。」

綁匪都是吃飯時給一杯白開水，其他時間就是渴死都不會再給水的。

醫生說：「那好，時間也差不多了，現在安排病人去做術前準備，二十分鐘後就可以入手術室了。你們可以在三號手術室前等候，手術時間大約要三小時。」

這時羅白臉色已經好了點，賽虹替他掖了被子，安慰他說：「別擔心，手術後會好的。」

兩人被關在一起幾天，早已經變成朋友了。

小嵐在一旁也說：「泰古隊長說已通知了你的父母，他們會儘快趕來的。」

羅白點點頭，說：「謝謝你，公主殿下。」

醫生看了看手錶，對護士作了個手勢，兩名護士便推着羅白走了。

一行人找到三號手術室，手術室門口有兩排椅子，是給等候家屬坐的。大家就坐那兒等。

這時金鍾的手機響了，是泰古的電話。泰古在電話那頭說話很興奮很大聲，讓小嵐他們都聽到了：「好消息，三名綁匪全抓到了！」

「啊，抓到了？！真是太好了！」所有人都十分開心，也大大鬆了口氣。至此，賽虹綁架案真正的犯人終於落網了！

小嵐對金鍾和左敦說：「你們倆回警局吧，我和曉星，還有賽虹在這裏等就行了，你們可以回警局協助泰古審問犯人。有什麼進展第一時間告訴我。」

金鍾說：「好的。那我們先走了，隨時聯絡。」

這時護士走來，要把賽虹送上病房。小嵐叮囑曉星守在手術室門口，自己陪着賽虹上了病房。

賽虹躺在雪白的病牀上，幾天來第一次真正放鬆身心，她用感激的目光看着小嵐說：「小嵐公主，我

真的不知怎麼感謝你們才好。我都聽金探長説了，是你們主動要求幫助破案，是你們發現了雅兒公主曾經來過天澄古鎮，又説服雅兒公主説出羅白的事，天澄警方順藤摸瓜，挖出了綁匪把我們藏在漁光邨的事，才把我們救了出來。如果不是您，我們都不知被關到什麼時候。」

賽虹説到這裏，忍不住又痛哭起來，邊哭邊説：「小嵐公主，你不知道，我和羅白這幾天過的是怎樣的擔驚受怕的日子，今日不知明天怎樣，不知綁匪抓我們幹什麼，不知綁匪會不會打我們，殺我們，我每天都睡不好，一睡着就做惡夢，我還想爸爸媽媽，怕他們因為找不到我傷心流淚……」

小嵐把她摟在懷裏，安慰着，許久賽虹才平靜下來：「我打電話給爸爸媽媽時，他們都在電話裏號啕大哭，説害怕再也見不到我了……」

小嵐拍着賽虹的背，故意逗她：「不哭不哭，再哭就不漂亮了。你不是遲些還會代表首都中學生參加全國中學生舞蹈大賽嗎？變醜了就跳不好舞了。」

賽虹這才撲嗤一聲笑了起來：「公主你別逗我了，沒聽說人醜就跳不好舞的。」

她擦擦眼淚，又說：「公主，您真是我的貴人呢！之前我的舞鞋不見了，也是您幫我找回來的；現在我不見了，也是您把我找回來了。」

小嵐大笑說：「哈哈，你不說我都不知道，原來我竟然是個尋人尋物的專家呢！」

兩人都哈哈大笑起來。

第十八章

偵探小王子

羅白的父母在第二天半夜就趕到了醫院，他們是前一天晚上接到警方電話後，馬上坐飛機從黃湖國飛來的。羅白父親羅萊是首相，專機可以隨時起飛。

不過，兩人匆匆去到醫院時卻被門衛攔住了，因為離探病時間還早着呢！

門衛勸他們先找酒店住下休息，等天亮再來。但兩夫婦擔心兒子卻不肯離開，兩人依偎着在醫院門口坐了幾小時，硬是坐到醫院院長上班，被院長特許才走進了醫院住院部，去病房看自己孩子。

羅白手術成功，麻藥過後，正在昏昏沉沉地睡着。爸爸媽媽不敢叫醒他，坐在牀邊，看着本來龍精虎猛的兒子，現在虛弱地躺在牀上，又難過又心痛，心裏恨死了那幾個綁匪。

早上醫生巡房，羅萊夫婦把醫生拉到病房門外，問兒子情況。醫生說做一段時間的康復運動，右手就可以恢復九成多的功能，羅白的父母聽了都鬆了一口氣。昨晚收到兒子的消息時，他們都擔心死了，生怕兒子年紀輕輕就落下殘疾，羅白媽媽在飛機上一直哭一直哭，現在眼睛腫得差點睜不開了。真是可憐天下父母心啊！聽到兒子的手能夠恢復大半，已是心滿意足了。

　　賽虹的爸爸媽媽從首都坐高鐵，也在第二天趕來了宇海醫院，兩人抱着賽虹痛哭了一場，多日的牽腸掛肚終於煙消雲散，都很感激警方積極破案救出了女兒。

　　小嵐和曉星早上起牀，吃完早餐就趕去宇海警察局。昨天晚上臨睡前，小嵐還打過電話給金鍾，問審訊綁匪的結果。誰知道金鍾氣哼哼地說，那三名綁匪嘴巴像上了鎖一樣，硬是不肯坦白。不過，金鍾說，他們以前也遇到過這樣口硬的疑犯，但到最後也在警方的威壓和勸說下招供，叫小嵐不要掛心。

到了警局門口，小嵐的手機響了，小嵐一看，咦，是金鍾呢！

「喂，金探長嗎？」小嵐說。

金鍾激動地大聲說話：「小嵐公主，好消息！」

小嵐覺得有點奇怪，怎麼聲音好像是從對面傳來的？一抬頭，咦，見到以泰古為首幾個人正從警局裏走出來，金鍾正拿着手機打電話。

曉星一見便喊了起來：「金探長！泰古隊長！」

金鍾一見到小嵐兩人，就哈哈哈笑了起來，他把電話關了，開心地說：「小嵐公主，正想告訴您呢！三名綁匪終於招供了，我們現在就去醫院，跟羅白和賽虹，還有雙方的父母，跟他們講述案情。」

「那太好了！咱們一塊去。」綁匪終於肯招供了，真相也能大白了，小嵐很高興。

去到醫院，所有人都集中到羅白的病房，聽泰古講述這宗綁架案的詳情。這時羅白已經醒了，精神也不錯，大家見了都替他開心。

泰古手裏拿着綁匪的口供，說：「各位，下面向

大家報告詳情……」

　　事情出人意表，原來，事情的起因竟然是黃湖國兩個月後的首相競選。

　　現任首相羅萊，任職三年，今年任期已到，他打算在新一屆的首相競選中參加角逐，爭取連任。因為他任內成績不錯，所以獲勝的可能性很大。

　　另外的幾名參加競選的候選人中，有一個叫蘇格的，社會聲望很高，所以也有可能角逐成功。自競選活動開始後，羅萊與蘇格為爭取選票，龍爭虎鬥，十分激烈。根據新一項民意調查，兩人票數竟然不相上下。

　　蘇格人品不好，為了獲選成功，就僱了三名殺手，指使他們趁羅白出國去天澄古鎮遊玩時，綁架羅白，把他關禁起來，直到選舉結束。因為蘇格知道羅萊很寵愛這個獨生兒子，如果羅白失蹤，必然會影響羅萊的情緒，打亂他陣腳，那蘇格成為首相的機會就大很多了。

　　三名綁匪到了天澄古鎮，一路跟蹤，最後鎖定了

羅白的行蹤，準備在羅白從別墅區步行出來時，把他抓上車。沒想到，羅白走到停車場時遇到賽虹，綁匪怕放過賽虹，賽虹會去報警，便乾脆連她一起抓了。

綁匪事先在漁光邨租了一間獨立石屋，暫時落腳，準備把人綁了後再送到邊境一個秘密地點，實行軟禁。沒想到天澄警方會馬上截查路口，他們不敢妄動，便暫留在漁光邨，準備等警方有所鬆懈再行動。

可惜，他們的如意算盤被打破了。他們行蹤被警方發現，被抓住了。

事情真相大白，羅萊咬牙切齒，恨死了為達目的不惜耍陰謀詭計的蘇格。羅萊又向賽虹一家道歉，因為自己競選的事，連累賽虹受苦，也感謝小嵐公主和宇海警察局警方、天澄分局警方，感謝他們迅速破案，救回自己的兒子和賽虹。

泰古說，會把這宗綁架案的詳情知會黃湖國，相信蘇格也難逃法網。

綁架案終於破了。正義最終戰勝邪惡，做了壞事的人絕對沒有好下場。

一列開往首都的高鐵列車上，坐着小嵐和曉星，還有賽虹一家，熱熱鬧鬧，開開心心，回家了！

　　有個人不甘寂寞，在車廂裏大吹大擂：「各位，讓我們重新認識一下，我全名叫周‧福爾摩斯‧曉星，又叫偵探小王子，我給你們講講我周‧福爾摩斯‧曉星，曾經英明神武地破了那些案。先説説紅舞鞋失竊案。話説有一天……」

公主傳奇31

偵探小王子

作　　者：馬翠蘿
繪　　畫：滿丫丫
責任編輯：葉楚溶
美術設計：李成宇
出　　版：新雅文化事業有限公司
　　　　　香港英皇道499號北角工業大廈18樓
　　　　　電話：（852）2138 7998
　　　　　傳真：（852）2597 4003
　　　　　網址：http://www.sunya.com.hk
　　　　　電郵：marketing@sunya.com.hk
發　　行：香港聯合書刊物流有限公司
　　　　　香港荃灣德士古道220-248號荃灣工業中心16樓
　　　　　電話：（852）2150 2100
　　　　　傳真：（852）2407 3062
　　　　　電郵：info@suplogistics.com.hk
印　　刷：中華商務彩色印刷有限公司
　　　　　香港新界大埔汀麗路 36 號
版　　次：二〇二一年七月初版

ISBN：978-962-08-7815-2
© 2021 Sun Ya Publications (HK) Ltd.
18/F, North Point Industrial Building, 499 King's Road, Hong Kong
Published in Hong Kong, China
Printed in China